지역에 살다, 책에 산다

지역에 살다, 책에 산다

펴 낸 날/ 초판1쇄 2019년 5월 9일
엮 은 이/ 책마을해리

펴 낸 곳/ 도서출판 기역
펴 낸 이/ 이대건

출판등록/ 2010년 8월 2일(제313-2010-236)
주   소/ 서울시 서대문구 북아현로 16길7 2층
            전북 고창군 해리면 월봉성산길 88 책마을해리
문   의/ (대표전화)02-3144-8665, (전송)070-4209-1709

이 도서의 국립중앙도서관 출판예정도서목록(CIP)은 서지정보유통지원시스템
홈페이지(http://seoji.nl.go.kr)와 국가자료종합목록시스템(http://www.nl.go.kr/kolisnet)에서
이용하실 수 있습니다. (CIP제어번호 : CIP2019017557)

ISBN 979-11-85057-62-0

온 나라 책공간 탐구서

지역에 살다, 책에 산다

책마을해리 엮음

ㄱ

우리 마음마다 초롱초롱
이야기가 사는 집,
지역의 아름다운 책 공간으로 오세요

로컬기록자들의 몸 가누기, 한국지역도서전이 벌써 세 번째예요. 제주와 수원을 거치는 동안 우리는 지역에서 오래 이야기와 함께 살아온 우리 스스로의 이야기에 집중했어요. 누가 어디서 언제부터 어떻게 이 출판생태계의 바탕을 떠받치며 살고 있는가, 아무도 모르는 우리 이야기를 꺼내기 시작했어요. 이제 세 번째 우리는 발신자 우리의 이야기를 넘어, 이제 수신하는 독자의 공간, 지역의 책 공간을 살피려고 해요. 생태계 전반으로 우리 이야기 폭을 넓혀보려구요. 그래서 이번 세 번째 도서전의 슬로건도 '지역 살다, 책 산다'예요. 살다는 이야기예요. 살아가는 이야기를 하자면, 거기 지금 살고 있는 우리가 누구보다 맞춤이거든요.

이 책은 그 흔적이에요. 고창한국지역도서전이 열리는 전라도의 책 공간에 좀 더 깊이 다가가 보았어요. 그리고 전국에 흩어져 지역의 이야기를 담고 있는 책 공간을 보탰어요. 작은책방, 작은도서관, 북스테이 공간을 찾는 이 행복한 여정에 함께해 주세요. 거기에 여전히 사람들이 자기 이야기를 머금고 잘 살아내고 있거든요. 지역출판생태계가 얼마나 장엄하게 펼쳐져 있는지 확인해보세요. 그리고 발길 건네 보세요. 찾아가 말 한마디, 미소도 건네주세요. 그러고나면요. 무언가 표현하기 어려운 싱근 것들이 온몸 온마음으로 되돌아 올 것이에요.

　지역의 책 공간에서는 수많은 이야기가 머물러요. 특히나 지역에 살며 지역을 기록하는 다양한 세대, 어린이시인이며 앞선세대의 삶을 대신 기록하는 청소년 기록자들은 물론 평생 속으로만 울음을 삼키던 할매들이 글이든 그림이든, 사진이든 스스로를 표현하는 방식을 배워 척척 펴낸 책들이 살아요. 그 책장에 스민 이야기들이 펼쳐지기를 펴 읽히기를 소리로 다시 태어나기를 기다리고 있어요. 그 책 공간으로 가는 신나는 지도, 이 책을 펼치세요. 어디서나 여러분들을 살짝 들뜨게 만들 그 이야기들이 초롱초롱 눈망울로 기다리고 있어요.

　이 책은 지역 책 공간 운영자들(터득골, 책고집 등)과 토마토 같은 한국지역출판 연대 벗들의 글 사진 품앗이로 만들어졌습니다. 따로 기명을 달지 않았습니다. 함께 참여해 스스로 기념이 되어준 벗들에게 감사드려요.

2019 늦은 봄 책마을해리 이대건

차례

헌책방 거리를 거닐다
세월을 읽다

계림동 헌책방거리

유림서점&유휘경 기획자

광주 계림동은 과거 70년대 헌책방 거리로 유명했다.
책을 사러 온 다양한 사람들이 뒤엉켜 공간을 채웠다.
70년대만 해도 60개가 넘는 헌책방들이 존재했다.
거리 규모가 커서 마음만 먹으면
찾아 헤매던 책을 만날 수 있는 보물창고 같은 곳이었다.
—
책과 사람으로 가득하던 계림동 책방거리도
시대의 바람을 피할 수는 없었다.
얼마 전 헌책방거리에서 가장 오래된 '대교서점'이 문을 닫았다.
그렇게 6개의 서점만이 헌책방 거리를 지키고 있다.
'대교서점'이 문을 닫기 전 2019년 1월 19일 토요일,
커피유림에서 계림동 헌책방 책방지기들이 모여
'계림동 처방전'이라는 이름으로 토크콘서트가 진행되었다.
처방전을 받아보기 위해 계림동으로 향했다.

할 수 있을 때까지만이라도
해보고 싶어

유림서점 김남길 대표

계림동, 과거 책방거리로 불렸던 이름이 어색할 정도로 책방이 얼마 남지 않았다. 지나다니는 사람도 적어 한적한 광주오거리에서면 금방 유림서점을 찾을 수 있다. 운영을 하고 있는 걸까 하는 의문이 들 정도로 조용했다. 투명한 유리문을 열고 들어가자 책장에는 오래전부터 자리를 잡은 책들이 먼저 눈에 들어온다. 바닥에도 끈으로 묶여 새로운 주인을 기다리는 책들이 줄을 서 있다. 책 냄새가 가득하다. 대형서점과는 다른 냄새였다. 정돈된 미로 같은 책장을 지나자 책방거리의 산증인 김길남 대표를 만날 수 있었다.

유림서점은 언제부터 운영하셨나요?
이제 거의 50년 될 거야. 우리 아저씨가 총각 때부터 했으니까. 원래는 아저씨가 제대하고 문구점을 조그맣게 차렸어. 그런데 어느 날 커다란 문구점이 들어서더라고. 문구점을 정리하고 지인의 권유로 헌책방을 시작하게 된 거야. 그때부터 지금까지 하고 있는 거야.
장사 안 된다고 금방 접고 나가는 사람도 많았어. 나야 기술도 없고, 장사도 모르니까 하던 일 계속한다는 게 50년이 흐른 거야. 이 서점이 내 청춘이야.
억울해(웃음). 그래도 책이 참 좋았어. 보고 싶은 책 실컷 볼 수 있다는 생각에 시집왔으니까. 지금은 글씨도 잘 안 보여. 보고 싶어도 못 봐.

책방거리가 가장 활성화되었던 1970년대는 어땠나요?

그때만 해도 길도 좁고 책방이 정말 많았어. 한창 많았을 때는 60~70개는 됐을 거야. 한창 잘 될 때는 재미있었어. 애들 키울 욕심에 시간 가는 줄도 몰랐어.

그렇게 자식 넷을 고등학교 보내고 대학교 보내고……. 그 긴 시간을 애들 키울 욕심으로 버틴 것 같아. 부모는 다 그래.

그때 신학기 때는 한 달에 몇 백만 원 씩 팔았어. 엄마들이 애들 책 산다고 찾아와서는 5만 원, 10만 원씩 기본으로 사 갔으니까. 2016년부턴 완전히 끊겼어.

예전에는 학생들 책. 문제집, 참고서 정말 많이 나갔어. 근데 지금은 한 개도 안 팔려. 3월이니까 신학기인데도 안 팔려. 아기들 동화책도 많이 팔았어. 동화 전집 같은 거 있잖아. 뭐 이제 그것도 안 나가. 그래서 쌓아두다 다 버렸어. 어쩌다 소설책 하나 팔면서 운영하고 있어. 시대가 변했어.

시대의 흐름에 따른 다른 변화도 있을까요?

운영도 운영이지만 이제 헌책방 사장들이 나이가 많아. 이제는 그래서 문을 닫는 경우가 많아. '대교서점'도 그랬어. 몸이 따라주지 않아서 오래 못하겠다는 이야기는 들었어. 근데 참 허망하더라고, 하루아침에 없어졌으니까, 싹 치워서 갔더라고. 며칠은 더 장사할 거라고 생각했는데. 아침에 가보니까 없어졌어. 그 많던 책들이.

예전에는 물려받겠다는 사람들도 종종 있었어. 지금은 누가 와서 헌책방 한다고 해도 말릴 거야. 내가 해보니까. 별것도 없이 고생만 하니까. 차라리 공부해서 취직하라고 하지. 전망이 없어. 그리고 요즘 젊은 사람들은 우리 아저씨만큼 하지도 못해.
어디서 책 가지러 오라고 하면 바로 갔다가 가져온 책들 한 장 한 장 닦아내고 정성이야. 그게 뭐 쉬운가. 돈도 많이 되는 일도 아닌데 젊은 친구들이 하겠어?

유림서점에 있는 책들은 어디서 들여오는 건가요?
아저씨가 사 오기도 하고, 책을 팔러 오는 사람들도 있고. 근데 요새는 팔러 오는 사람도 없고 우리도 사지를 않아. 들여 봤자 팔리지를 않으니까. 가져다 놓은 책들도 썩어서 버려야 할 참이야.

책이 정말 많은데, 어떻게 어디 있는지 다 기억하세요?
옛날에는 다 알았는데, 이제는 다 잊어버렸어. 지금은 기억력이 떨어져서, 며칠 지나면 어디에 뒀는

지 기억도 잘 안나. 그래도 오래 해왔던 일이라 대충은 기억이 다 나지. 손님들이 와서 무슨 책 있냐
고 물어보면 찾아줄 정도는 돼.
그럼 그렇게들 좋아해.

골목콘서트에 참여하셨는데 어떠셨나요?
좋았지. 다들 적극적이었고, 하고 싶은 일도 많은데 다들 나이가 많으니까. 생각보다 사람들이 많이
찾아줬어. 인터넷이 발달되니까 여기저기에 소문이 났나 봐. 콘서트 하고도 손님이 반짝 늘었어. 옛
생각에 찾아온 사람, 아기 손잡고 오는 엄마들……. 얼마 못 갔어. 한 열흘? 요새 들어 또 안 보여.

헌책방 사장님들끼리 커뮤니티가 있나요?
전에는 모임도 가지고 했었지. 지금은 책방도 많이 줄었고, 나이도 들고 하니까…. 젊은 사람이 없
어. 건너편 문학서점은 사장이 젊어. 인터넷으로도 책 판다고 하더라고. 우리는 그런 것도 못해.

앞으로 헌책방 거리가 어땠으면 하세요?
사람들이 많이 찾아왔으면 좋겠지. 이제는 여기가 헌책방거리가 아니라 골동품거리가 됐어. 책보다

골동품이 더 많아. 할 수 있을 때까지만이라도 하게 사람도 많이 찾아오고 거리가 활성화됐으면 좋겠어. 그럼 정말 좋지.

인터뷰를 마치고 쉽게 헌책방을 나가기 쉽지 않았다. 수많은 책들을 손가락으로 하나하나 집으면서 책을 골랐다. 이제는 어디에 무슨 책이 있는지 기억도 잘 안 나신다던 사장님은 위치만 보고도 어떤 책인지 아셨다. 한 장 한 장 책을 닦으며 조용히 주름은 늘었지만, 아직도 소녀같은 미소로 손님을 맞아주신다. 🔲

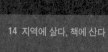

꽂혀 있는 책보다
많은 이야기가 있는

'계림동 처방전' 김휘경 기획자

'계림동 처방전'의 기획을 맡으셨다고 들었어요

문화체육관광부와 한국문화예술위원회(ARKO)의 지원사업 '인문360˚ 골목콘서트' 사업을 보게 됐어요. 그런데 아쉽게도 광주에서는 진행된 적이 없었어요. 2018년에는 독립책방 연합이 플리마켓 형식의 행사가 몇번 진행된 적도 있었어요.

거기에도 항상 헌책방이 빠져있었어요. 현존하는 헌책방들이 소수이고 사장님들이 나이가 많으시

긴 하지만 의지만은 뒤지지 않는다고 생각해요. 그분들도 뭔가를 하고 싶은데 기회가 없다는 말을 듣고 오랜 단골 카페였던 커피유림을 찾아갔어요.

커피유림 사장님이 바로 옆에 있는 유림서점 따님이신데, 유림서점 바로 옆에 있는 창고를 개조해서 커피숍을 운영하고 계세요.

유림커피 사장님도 계림동 책거리 부흥에 관심이 많으셨어요. 이야기를 나누면서 헌책방거리 살리기 일환으로 간담회 형식의 책방지기들과 토크콘서트 해보면 좋겠다고 생각했어요. 그렇게 '인문360˚ 골목콘서트'에 기획서를 제출했어요. 왠지 느낌이 좋았어요.

3팀을 뽑는데, 100팀이 넘게 신청을 했

어요.

발표 날 아침 바로 확인했는데, 저희 팀이 선정이 된 거예요. 얼떨떨했어요. 다른 팀에 비해 광주는 작은 지역 같은 느낌이 컸어요. 그래서 더 잘하고 싶다고 생각했어요.

프로젝트를 시작하셨을 때 반응은 어땠나요?

유림서점을 시작으로 프로젝트에 대한 홍보와 섭외를 시작했어요. 프로젝트를 진행하기 위해서 책방들을 찾아갔을 때, 호의적으로 대해주셨어요. 물론 회의적인 반응도 있었어요. 해도 안 될 거라는 의견이었죠. 물론 이해는 가요.

그동안 거리활성화 사업이 아예 없었던 게 아니었어요. 2009년 전남대 문화예술특성화사업단의 '계림동 책마을 거리간판 특성화사업'을 통해 신식 간판으로 고쳤던 일도 있었고, 계림동 헌책방에 있는 중고책들을 모두 전산화하는 작업도 했지만 절대 쉬운 일이 아니었죠.

호의적인 헌책방 사장님들도 걱정이 없으셨던 건 아니에요. 이렇게 휘저어 놓고 쏙 빠지면 기대에 따른 결과가 없을 때 무너져 버릴 것이 가장 큰 걱정이셨어요.

프로젝트 진행 과정에서 어려움이 있었나요?

이례적이고 짧은 사업이라 어려움을 느낄 새가 없었어요. 어려운 날을 굳이 꼽자면 행사 당일이었던 같아요. 듣고 싶은 이야기는 많은데 시간이 한정적이니 이야기를 추리는 게 가장 어려웠어요. 사전 간담회에서도 연습을 마무리했으면서도, 막상 당일이 되자 걱정이 많이 됐어요.

다행히 행사는 잘 진행됐어요. 소액 금액으로 진행했던 행사에 비해 만족스러웠던 것 같아요. 찾아와 주신 분들도 많았어요. 저희는 많아야 15명 정도 모일 거라고 생각했거든요. 남은 자리는 지인들로 채우고 소소하게 진행할 계획이었죠. 근데 홍보를 시작한 지 하루 만에 20명이 넘는 신청이 들어왔어요. 그 후 언론사에서도 관심을 계속 보였고, 라디오 생방송에서도 이야기를 해주셔서 정말 많은 분들이 와주셨어요. 한 번쯤 책방거리를 와보셨던 분들, 여기서 책을 구입을 해보셨던 분들, 근처 초등학교, 고등학교를 졸업하신 분들이 오셔서 추억을 꺼내주셨어요. 어떤 분은 꼭 가고 싶은데 참여가 어려울 것 같다며 이야기를 전해달라는 분도 계셨어요.

행사 당일, 기억에 남는 일이 있었나요?

과분한 관심을 받았다고 느꼈어요. 구청 공무원분들은 물론 의원분들도 참여해주셨어요. 구청에서

도 헌책방거리를 살리는 프로젝트를 진행하고 싶다는 의견을 받아서 더 큰 희망을 가질 수 있었던 것 같아요. 시기적으로 잘 맞물렸던 것 같아요.

'계림동 처방전'을 마치고 어떤 변화들이 있었나요?
계림동 처방전'을 시작으로 '프로젝트 계림장'이라는 SNS 계정을 오픈했어요. 행사 끝나고 책방 관련 문의가 많았어요. 헌책방은 전화 문의 방법이 가장 흔한데 익숙하지 않던 젊은 친구들은 메시지를 보냈어요. 전화번호를 찾기가 어려워 그랬던 것 같아요. 영업시간이나, 책 종류 등 다양한 문의가 들어오면 책방 사장님께 전달하는 통로가 됐어요. 그리고 서울에서 독립영화 관계자분이

헌책방을 배경으로 촬영을 하고 싶다는 연락도 왔어요.
주변은 물론 다른 지역에서도 광주 헌책방거리에 관심을 가져주신다는 게 정말 신기했어요.

계림동 헌책방거리의 앞으로의 모습은 어떠셨으면 좋겠나요?
거리 자체를 바꿔야겠다는 생각은 없어요. 점진적으로 나가야 한다고 생각해요. 건물이 들어서고 거리를 다시 만들 게 아니라 일단 기존의 헌책방 자체가 운영이 되는 거, 책이 팔리고 수익이 생기는 것이 가장 우선이라고 생각해요. 지금은 수익이 전혀 없어 적금을 깨거나, 다른 일을 하면서까지 운영을 하는 분들이 많아요.
우선 사람들이 많이 찾아오고, 시에서도 지원사업이 많아져서 안정적인 운영이 지속될 수 있었으면 좋겠어요. 헌책방들이 보존될 수 있는 방법이 더 많아졌으면 좋겠어요.
또 광주 헌책방의 존재와 매력을 더 알리고, 젊은 친구들이 관심을 가져주길 바라요. 헌책방의 매력은 누군의 흔적을 같이 읽을 수 있는 거라고 생각해요. 또한 책을 직접 고를 수 있고, 값이 저렴하다

는 점도 있죠.

진행 중이거나 앞으로 진행해보고 싶은 프로젝트가 있나요?
헌책방거리 아카이빙을 진행해보고 싶어요. 책방사장님의 이야기, 사진, 입체적인 이미지들을 간직하고 전달하면 좋을 것 같아요. 광주 5·18을 직접 경험하신 사장님들이 계시는 만큼 그 현장의 이야기들도 아카이빙으로 진행하고 싶어요.
그리고 지속적으로 사람들이 헌책방거리를 찾아올 수 있도록 기회도 만들어 보고 싶어요.

앞으로 헌책방을 찾는 분들에게 전하고 싶은 말이 있나요?
헌책방에 많이 찾아오시고 사진으로도 남겨주셨으면 좋겠어요. 마음을 울리는 책을 만난 다면 구입을 하시길 추천해드려요. 그 책의 소장 가치는 나중에 판매할 목적이 아니라 내가 가지고 있을 때 나의 이야기를 함께 할 수 있는 책이었으면 좋겠어요. 끝

계림동 헌책방을 거닐다

책의 소장 가치는 나중에 판매할 목적이 아니라
내가 가지고 있을 때 나의 이야기를 함께 할 수 있는 책이었으면 좋겠어요.

- 김휘경 기획자

며칠 지나면
책을 어디에 뒀는지 기억도 잘 않나.
그래도 손님들이 와서
무슨 책 있나고 물으면 찾아줄 정도는 돼.
그럼 그렇게들 좋아해.
- 김남길 대표

세월을 읽다

글을 쓰는
모든 이를 맞이하는

검은책방흰책방

이은경(검은책방흰책방 대표)

문학도들의 방앗간

김종호, 이은경 대표는 지난 2016년 7월, 조선대학교가 자리한 광주 서석동 한 건물 2층에 검은책방흰책방을 열었다. 대학교가 있는 지역이라면 대학로 특유의 분위기가 날테지만, 검은책방흰책방이 있는 골목은 유난스럽지 않다. 대학로가 있는 골목에서 조금 떨어진 곳에 있어 너무 소란스럽지도, 그렇다고 생기 없지도 않다. 적당한 골목에서 문학을 사랑하는 이들이 검은책방흰책방을 찾는다.

노란 빛이 내려앉은 공간에는 책장마다 책이 빼곡하다. 김종호 대표는 소설을, 이은경 대표는 시집을 담당해 사람들에게 소개하고 싶은 책을 골라 진열한다. 책 장으로 공간을 나눠 한쪽은 서점, 한쪽은 모임이나 독서를 즐길 수 있도록 했다. 김종호 대표는 소설가로도 왕성한 활동을 이어 오고 있고, 이은경 대표 역시 문 학을 사랑하고 꾸준히 시를 쓰고 있다. 오랜 시간 문학과 가까이 있는 이들이 운 영 중인 검은책방흰책방은 문학전문책방을 표방한다.

두 대표가 직접 제작한 수제 목가구도 공간을 차지하고 존재감을 드러낸다. 긴 시간 이 공간과 함께한 듯 모양새가 알맞다. 선반에는 오래 전에 출간된 문학 서 적이 진열되어 있다.

"저희 서점은 시·소설 도서를 판매하는 문학전문책방이에요. 남편이 소설가이고, 저는 시에 관심이 많아 책방을 하고자 했을 때, 이미 암묵적으로 정한 거였죠. 책방 이름 역시 시와 소설이라는 의미를 담고 있어요. 저희가 생각하기에 소설은 검고, 시는 하얗다고 생각했거든요. 남편의 첫 번째 소설도 《검은 소설이 보내다》이거든요. 그래서 저희가 생각한 소설과 시의 의미를 담아 책방을 만든 거죠."

문학전문책방인 검은책방흰책방은 조선대학교 문예창작과 학생들이 수시로 드나드는 방앗간 역할을 한다. 매일 같이 책방에 들러 이은경 대표와 함께 이야기를 나누고 글을 쓰는 학생도 몇 있을 만큼, 문학도들에게 빼놓을 수 없는 공간이다.

검은책방흰책방은 출판사업도 병행한다. 올해 3월에는 텀블벅 후원을 통해 이은경 대표와 정나란 시인의 공동시집 《둘 작가선》을 출간했다. 둘 작가선은 검은책방흰책방의 첫 출판물이자, 1년에 한 번씩 출간하는 연간 프로젝트다. 둘 작가선은 두 명의 작가의 작품집일 수도, 한 작가의 두 작품이 될 수도 있다. 등단의 목적보다는 문학의 장, 예술의 장에 자신을 두고자 하는 의미가 더 크다. 누구나 글을 쓰고 책을 내고 작가가 될 수 있는, 글을 쓰는 모든 이를 맞이하는 공간이 바로 검은책방흰책방이다.

낯섦과 어려움의 벽을 허무는 이들

검은책흰책방에서 가장 눈에 띄는 프로그램이자 이곳의 대표 프로그램은 작가 낭독회. 많은 사람이 알고 애정하는 작가는 물론 다양한 작가들이 이곳에서 책을 읽어주고, 시를 읊는다. 지금껏 이제니, 나희덕, 황인찬, 문보영, 황정은 등 쟁쟁한 작가들이 이곳을 찾았다. 좋은 작가를 초대한 만큼 낭독회를 찾는 사람도 많다. SNS에 공지가 올라가기가 무섭게 빠르게 좌석이 꽉찬다.

검은책방흰책방 낭독회에는 소설가의 낭독회도 좋지만, 시 낭독회는 팬을 양성할 만큼 영향력이 크다. 시를 작가 자신의 흐름과 호흡대로 한 행씩 읊어 내려갈 때면, 그저 시인의 울림만 있을 뿐 어떠한 소음도 없다.

"시가 어렵다는 인식이 있어요. 물론 개중에는 진짜 어려운 시도 많죠. 낭독회

는 그런 어려움과 벽을 허무는 역할을 해요. 시의 세계에 폭 빠지게 하는 매력이 있죠. 한번은 백은선 시인의 낭독회를 진행했는데, 백은선 시인의 시가 조금 어려워요. 문학을 배우는 이들도 어려워하는 시가 많은데, 이번 낭독회를 통해 팬이 되었다는 참가자도 있었죠. 그 분이 백은선 시인의 시가 이렇게 좋은 시인지 몰랐다며 굉장히 좋아했던 모습이 아직도 기억에 남아요."

많은 시인과 소설가를 초대하며, 검은책방흰책방은 독자와 문학을, 시민과 예술가를 잇는 역할을 톡톡히 해내고 있다. 최근에는 이제니 시인과 함께 문화소외지역을 찾아 음악과 함께하는 시 낭독회를 진행하기도 했다. 당시 이 프로그램은 시에 대해 잘 모르는 일반 시민에게도 큰 경험과 영감을 남긴 색다르고 좋은 행사라 평가받는다.

"앞으로도 꾸준히 낭독회를 진행할 예정이에요. 유명한 작가도 좋지만, 유명하진 않더라도 개성 있고 독자에게 소개하고 싶은 작가라면 언제든 불러 인연을 맺을 수 있었으면 해요."

검은책방흰책방은 아무런 연고가 없는 광주에 내려와, 문학을 함께 이야기할 사람이 없어 만든 책방이지만, 지금은 글을 쓰는 이들이 사랑하는 공간이 되었다. 회원 수가 350명이 넘을 정도로 많은 사람이 찾지만, 그럼에도 책방 운영은 쉽지 않다. 햇수로 4년차에 접어든 지금도 김 대표는 책방을 오래 운영할 수 있는 방법을 모색 중이다.

'상업적인'과 '공익적인' 그 중간 어디에

"고민이 많아요. 안정적인 수익이 생겨 오랫동안 책방을 운영하고 싶은데, 사실 쉽지는 않죠. 저희가 간단한 음료를 제공하긴 해도 다른 책방처럼 식음료를 겸하고 있진 않거든요. 그러니 책 판매만으로 온전한 수익을 내기란 쉽지 않죠. 마케팅에 힘을 쏟든, 무언가를 겸하든 방법을 찾아봐야할 것 같아요. 물론 한쪽으로 치우는 것도 조심해야 하죠. 너무 상업적 공간이거나 또는 너무 공익적 공간이 되면 안 된다고 생각해요. 그 사이를 균형 있게 잘 지나가는 것이 숙제일 것 같아요." 글2

함께이기에 의미 있는,
마을 이야기가 스며든 공간

동네책방 숨

이진숙(동네책방 숨 공동대표)

아파트가 즐비한 거리를 조금만 벗어나면 비슷한 높이의 단독 건물이 줄지어 있는 조용한 동네가 나온다. 이곳에 둥지를 튼 동네책방 숨은 이진숙, 안석 대표가 운영하고 있다. 문을 열고 들어서면 따뜻한 기운이 훅 밀려온다. 은은한 주황빛 조명 아래 책이 빼곡하다. 사방이 나무와 책으로 둘러싸인 공간은, 괜스레 숨을 크게 들이쉬게 한다. 그 중심에 서 있는 것만으로도 편안함이 느껴진다.

좋아서 하는 책방

동네책방 숨은 양림동이나 국립아시아문화전당(ACC)과 같이 여행객이 몰리는 지역에서 30여 분을 꼬박 달려야 도착한다. 그럼에도 일부러 동네책방 숨을 찾는 이가 많다. 지역에서 오래 터를 잡고 운영 중인 책방이 궁금한 이도, 동네책방 숨이 주로 다루는 환경, 공동체, 대안적 삶 등 비슷한 관심사를 가진 이들도 많이 찾는다.

"도서관과 마을, 책과 마을을 함께 엮는 일을 하는 가장 큰 이유는 제가 좋아서 하는 거예요. 사람은 누구나 늘 꿈꾸는 삶이 있잖아요. 이런 삶을 살았으면 좋겠다든가, 내가 사는 마을은 이랬으면 좋겠다, 하는 것들 말이에요. 그런데 그런 것들은 누가 해주는 것이 아니라 내가 해야 하는 것이잖아요. 조금 어렵더라도 이 공간을 사람들과 공유하면서, 이웃과 어울리고 책을 통해 나눌 수 있는 마을살이를 하고 싶었어요. 매일 '나는 그렇게 살고 싶어'라는 생각만 하고, 결국엔 현실에 치여 꿈만 꾸는 분리된 삶을 살고 싶지는 않았어요."

동네책방 숨의 시작은 마을도서관에서부터였다.

서울에 있던 이진숙, 안석 대표는 광주에 내려와 수완동 신도시에 정착해 마을도서관을 운영했다. 책을 통해 마을 사람들과 가치와 재능을 공유하고 마을 이야기를 나누며, 마을사랑방 역할을 톡톡히 해냈다. 그 즈음 아파트 내에 작은 도서관이 하나 둘 생기기 시작했다. 많은 도서관이 있었지만 지자체의 별다른 지원이 없어 운영이 어려웠다. 그래서 두 대표는 자립할 수 있는 구조를 만들기 위해 북카페 운영을 병행했다. 북카페 운영을 통해 얻은 수익을 도서관 운영에 보탰다.

　그러던 중 두 대표는 2015년 겨울, 북카페를 서점으로 전환했다.《작은 책방, 우리 책 좀 팝니다》라는 책을 우연히 읽게 되면서 서점을 운영하고자 마음먹었다. 책에는 전국의 작은 동네책방을 소개하고 있는데, 광주 전남 지역에는 동네책방이 한 군데도 없다는 것에 의문이 들었다.

　출판사에 직접 전화해 이유를 물었을 만큼 적잖은 충격을 받았다. 직접 책방을 차려야겠다는 생각에 '동네책방 숨'이라는 이름으로 문을 열었다. 무엇보다 온전한 책 공간이고 싶은 마음도 있었다.

　북카페의 경우 앉아서 커피를 마시고 책을 읽기도 할 수 있는 공간이지만, 사람들에게는 책 공간이라기보다는 만남의 장소라는 인식이 더 컸다. 책방을 시작하며 테이블을 최소화하고 책방과 분리했다.

　동네책방 숨을 찾는 사람들이 오롯이 책에 집중할 수 있도록 북스테이도 함께 운영한다.

마을과 지역을 담은 책방

마을과 지역사회, 공동체에 관심이 많은 동네책방 숨은 책방 안에 꽂힌 책들도 색이 짙다. 누구나 무난히 읽을 수 있는 일반 문학도 판매하지만, 동네책방 숨의 결과 맞닿은 도서의 비중이 더 크다.

책방 한 편에는 동네책방 숨의 대표 책장인 전라도 코너와 세월호기억 코너, 특별 코너가 자리해 있다. 전라도 코너에는 전라도 작가와 대표작, 추천도서, 전라도 대표 지역잡지인 〈전라도닷컴〉을 소개한다. 지역과 가까이 있는 이야기와 지역 사람들이 만들어 내는 지역의 이야기를 담은 책들이다.

바로 옆에는 '광주와 오월'이라는 주제로 이진숙 대표가 소개하는 5월의 이야기를 담은 책들이 가지런히 놓여 있다. 특별 코너에는 3·1운동 100주년을 기념해 구성했고, 세월호 코너 역시 지난날의 아픔을 기억하기 위해 꾸린 공간이다. 이 책장을 보고 있으니 신형철 평론가의 말이 생각난다. 《눈먼 자들의 국가》〈책을 엮으며〉에서 그는 "타인의 슬픔에 대해 '이제는 지겹다'라고 말하는 것은 참혹한 짓이다. 그러니 평생 동안 해야 할 일이 하나 있다면 그것은 슬픔에 대한 공부일 것"이라고 말했다. 우리는 누군가의 슬픔을 지겹다 말할 수 없다. 끊임없이 함께 슬퍼하고 공부해야 한다.

마을 도서관으로 출발해 현재는 책방이라는 정체성을 가지고 있지만, 동네책방 숨에는 여전히 도서관이 존재한다. 책방을 지나 통로를 따라가면 도서관이 나온다. 2011년부터 마을 주민들과 함께해온 도서관을 '평화도서관'이라는 이름 붙여 운영하고 있다. 평화라는 주제를 통해 이야기 나누고, 평화를 위해 힘쓴 이들과 이야기를 잊지 않기 위해 붙인 이름이다. 지난 2017년 12월에는 미국 동화작가 토드 파의 《평화 책》을 가지고 평화전시회를 열기도 했다.

"어떻게 보면 책방은 영업 공간이고, 도서관은 비영리 공간이잖아요. 크게 봤을

때 성격이 아예 다른 것 같지만, 내용적으로 봤을 때는 큰 차이가 없어요. 저희가 추구하는 것들이 책방과 도서관에 잘 스며들어 있거든요. 환경, 생태, 공동체, 대안적 삶 등 저희의 지향점을 대변해 주는 책들을 주로 비치하고 있어요. 도서관이든 책방이든 동네책방 숨이라는 색깔과 성격이 한 데 섞여 가고 있어요."

평화도서관에서는 독서모임, 글쓰기모임, 작가와의 만남이나 출판사, 학교, 각 기관과 협력해 다양한 프로그램과 활동을 진행한다. 동네책방 숨은 마을사랑방을 시작으로, 책과 사람을 잇는 역할까지 해내고 있다. 이진숙 대표는 책방을 출판사, 작가와 독자를 연결하는 그 고리의 끝에 있다고 말한다.

지역을 이야기하는 출판사와 잡지, 작가들을 독자와 연결 짓는 것은 동네책방 숨이 해야 할 일이다.

"책방을 하고자 마음먹었을 때 다른 지역에는 예쁜 책방들이 많은데, 그럼 우리가 책방을 만든다면 어떤 색깔을 품어야 할까, 생각해봤어요. '지역의 이야기를 담고 싶다'라는 결론에 도달했죠. 원래 마을살이를 해서인지, 책방을 '나 혼자만의 취향이나 특징을 향유하기 위한 공간이 되어서는 안 된다'라는 생각을 가지고 시작했죠. 이건 골목상권하고도 연결되는 이야기라고 생각해요. 단순히 개

인 영업장을 운영해 돈을 버는 것이 아니라, 이야기를 담고 마을과 함께 상생해야 하는 거죠. 골목상권이 산다는 것은 마을이 살아난다는 것이라고 생각해요. 앞으로도 마을과 함께하는 책방이 되고 싶어요." 숨

책과 사람이 모여
이루는 시간

책과생활

신헌창(책과생활 대표)

책으로 가능한 모든 활동의 공간

책과생활은 국립아시아문화전당(ACC)과 광주 최초의 근대식 공립학교인 서석초등학교 사이에 터를 잡았다. 책과 생활이 자리한 골목은 낡은 건물이 즐비하다. 언뜻 보면 낙후한 동네라 여기겠지만, 그 오래된 건물은 비어있지 않다. 건물마다 사람들이 자신만의 공간을 꾸리고 세계를 만들어간다. 조용한 듯, 꾸준히 느린 걸음을 걷고 있는 이곳에서 책과생활 역시 오늘도 조용히 어두운 조명을 켜둔 채 손님을 기다린다. 느린 걸음으로 말이다.

책과생활은 '인문예술서점 그리고 책으로 가능한 모든 활동'이라는 지향점을 가지고 사람들과 함께 책을 비롯한 다양한 활동을 이어간다. 2016년 5월 처음 문을 열었고, 공간 확장을 위해 지난해 7월에는 바로 옆 건물 2층으로 자리를 옮겨 운영하고 있다. 이전 공간에는 리소 인쇄기를 활용한 소규모 인쇄 스튜디오 '사각프레스'를 운영 중이다.

계단을 올라 문을 열고 들어서면 넓은 공간을 마주할 수 있다. 벽면이며 공간 중앙에 놓인 널찍한 테이블이며, 몇몇 작은 책장에도 책이 한 가득이다. 마치 도서관처럼 느껴질 정도로 종류도 다양하고, 부수도 만만치 않게 많다. 신헌창 대표가 운영하는 인쇄 스튜디오에서 만든 리소 프린팅 엽서를 비롯해 소소한 소품도 한쪽 구석에 자리 잡았다. 소품 옆에는 신 대표가 꾸준히 모은 LP가 가득 꽂혀있다. 하나씩 빼 보며 아는 뮤지션을 찾아보는 재미가 쏠쏠하다. 신 대표가 수집한 LP는 턴테이블에 안착해 책과생활의 공기 사이사이를 메운다.

가장 눈에 띄는 건 벽면에 붙어 있는 아치형 책장이다. 광주에서 활동하는 작가가 직접 만든 책장의 모양은 책과생활 로고와 닮았다. 독특한 책장 덕분에 누가 봐도 이곳은 책과생활인 것이 분명하다. 둥근 아치형 책장 안에는 책이 빼곡하다. 각각의 책장이 모두 하나의 세계 같다. 책과생활이 만드는 세계다.

서울에서 출판 편집자로 활동하던 신 대표는 회사 일로 잠깐 광주에 내려왔다가 아예 정착하게 됐다.

"원래는 일이 끝나고 올라가려 했는데, 연고가 없는 광주를 떠나면 다시는 이곳에 오지 않을 것 같다는 생각에 아쉬움이 남았어요. 무엇보다 이곳 집세가 서울에 비해 저렴하니까, 서울에서 쉽게 가질 수 없던 나만의 공간을 여기서 한 번 가져보자는 생각도 있었고요. 전부터 1인 출판도 해보고 싶었고, 다른 지역에 일 년 정도 머물며 진짜 내 작업을 해보자는 생각에 광주에 남게 됐어요."

신 대표는 당시 함께 일을 그만둔 디자이너 두 명과 서점 겸 출판스튜디오인 책과생활을 차렸다. 현재는 신 대표 혼자 운영하고 있다. 책의 쓸모와 재미를 탐구하고, 좋은 책들을 발견해 소개하는 것이 책과생활의 역할이라 정했다. 책을 매개로 할 수 있는 모든 활동을 펼치기 위해 시작한 일이다. 책방 운영에 전념하느라 현재 출판은 잠시 미뤄두었지만, 책방 운영이 안정되면 올해 안에 출판도 진행할 계획이다.

좋은 책을 소개하겠다는 마음으로 신 대표는 꾸준히 책방에 새로운 책을 들여놓았다. 인문, 문학, 예술, 자연과학, 디자인, 건축, 에세이, 독립출판물 등 장르를

막론한 많은 책이 책과생활을 채운다. 이제는 책이 너무 많아 조금 버겁다고 말하지만, 신 대표를 보고 있으면 좋은 책이 있으면 언제든 들여놓을 것이라는 확신이 느껴진다.

느리게 꾸준히 흘러간다

2016년을 시작으로 광주에서는 매년 독립서점 북페어 '오늘산책'이 열린다. 독립출판과 독립서점의 지속가능한 미래를 위해, 광주를 비롯한 전라도 지역에 터를 잡은 독립서점과 독립출판 작가와 제작자가 함께 벌이는 책 잔치다. 오늘산책이 진행될 때면 많은 사람이 광주를 찾아 책을 사고, 책을 주제로 한 다양한 전시와 공연, 강연 등의 프로그램에 참여한다.

북페어 오늘산책은 광주 책방 파종모종 양지혜 대표가 처음 시작하면서 이후에 공백, 라이트라이프, 연지책방 그리고 책과생활이 차례로 합류하며, 오늘산책이라는 팀을 이뤄 동명의 행사를 진행한다. 작은 동네 책방이 모여 큰 힘이 되어 하나의 콘텐츠를 생산한다. 이들은 매년 자리를 옮기며 북페어를 진행하며 올해도 어김없이 북페어를 준비 중이다.

"지금까지는 서점과 책 중심의 북페어를 진행했었는데, 올해는

책방 중심의 행사에서 조금 변화를 주려고 시도하고 있어요. 책방보다는 1인 출판, 독립출판 작가 중심의 북페어가 될 수 있도록 계획하고 있어요."

신 대표는 지난해 책의 해 집행위원인 강성민 글항아리 대표가 기획한 2018 책의 해 사업 '캣왕성유랑책방'의 서가를 꾸미기도 했다. 캣왕성유랑책방은 300권의 책을 실은 트럭이 전국방방곡곡 책과 문화 행사가 있는 곳이라면 달려가 책을 판매한다. 지난해 7월 홍대 앞을 시작으로 제천국제음악영화제, 부산국제영화제, 강릉 커피 축제 등 전국 12곳을 누비며 시민들의 많은 호응을 얻어냈다.

캣왕성유랑책방과 함께 많은 관심과 참여를 이끌어낸 심야책방의 날 행사에도 신 대표는 적극적으로 참여하고 주변 서점의 참여를 유도했다. 전국 77개 서점이 참여한 심야책방의 날에는 서울을 제외하고 가장 많은 서점이 참여한 곳이바로 광주. 북페어 오늘산책을 꾸준히 이어가면서 서점 간의 친목을 쌓은 결과라고 할 수 있다. 6월부터 매달 마지막 주 금요일을 심야책방의 날로 정하고 늦은 밤에도 서점은 불을 밝힌 채 독특한 프로그램으로 손님을 맞이했다. 책과생활은 '한밤의 오픈북 고사'와 '심야의 음악과 책다방' 프로그램을 운영하며 한밤의손님을 불러들였다.

2018 책의 해를 맞아 유난히 바쁜 한해를 보낸 신 대표는 올해 책방 운영에 집중하고 싶다고 말한다. 지난해 진행한 심야 책방이나 캣왕성유랑책방 등 좋은 성

과를 낸 사업이 올해 역시 진행되지만, 신 대표는 책과생활 고유의 프로그램을 더욱 왕성히 하는 것을 목표로 했다.

"그동안 다른 일들을 하느라 거의 밖으로 돌아다녔어요. 정작 책방에 많은 힘을 쏟지 못했죠. 그래서 올해는 책방 운영만 알차게 해보려고요. 지금 진행 중인 여행자 플랫폼도, 이번에 새로 진행하는 강연에도 좀 더 집중해 꾸준히 진행할 생각이에요. 책과 관련한 다양한 프로그램도 기획해 보고 싶고요. 많은 책방이 가진 고민이겠지만, 저 역시 책과생활을 오래 그리고 안정적으로 유지하고 운영하고 싶어요. 내실 있게 운영하다보면 흑자로 돌아서는 날이 있을 거라 믿어요. 그런 희망도 없이 어떻게 책방을 운영하겠어요(웃음)." 책굴

그림책마을을 꿈꾸다

순천시립그림책도서관

나옥현 관장, 김명선 팀장(순천시립그림책도서관)

그림책과 미술관이 어우러진 도서관

너른 벌판이 펼쳐진 순천만으로 유명한 생태수도 순천. 순천시는 2014년부터 전국 최초로 '전 시민 좋은 책 구입비 지원', '청년 꿈 찾기 도서 지원' 사업을 시행하며 '책 읽는 도시'로 탈바꿈했다. 책 구입비 부담을 낮춰 시민이 활발한 독서 활동을 할 수 있도록 장려하는 사업이다.

'책 읽는 도시'로 새롭게 도약한 순천시를 이야기할 때 순천시립그림책도서관 역시 빼놓을 수 없다. 순천시립그림책도서관은 지난 2014년 4월 개관한 우리나라 그림책 도서관 제1호다.

순천시립그림책도서관으로 향하는 길은 곳곳에 핀 꽃으로 색색이 물들어 있었다. 봄 소풍이라도 나온 듯 마음이 가볍다. 한껏 붙잡고 있던 긴장이 탁 풀어지는 순간을 맞이한다.

그림책도서관의 상징인 거대한 한글 큐브가 보인다. 강익중 작가의 작품으로 네모 칸마다 한글이 적혀 있고 큐브 위에는 한 여자 아이가 가방끈을 잡고 먼 곳을 바라본다. 시간을 들여 한 글자씩 읽어본다. 큐브 안에는《팥죽 할머니와 호랑이》,《별주부전》,《콩쥐 팥쥐》등 어릴 적 읽었던 그림책 속 이야기가 담겨 있다.

한글 큐브 말고도 도서관 건물 곳곳에는 한글이 알록달록 박혀 있다. 환경미술가이자 정원 디자이너인 황지해 작가의 디자인 기부로 이루어진 스토리 벽화다.

순천시립그림책도서관은 그림책과 미술관을 결합한 특화 공공도서관이다. 다른 도서관과 다른 점이 있다면 그림책도서관에서는 신발을 벗고 움직여야 한다. 도서관을 이용하는 아이와 부모는 어디든 주저앉거나 누워 자유롭게 책을 읽을 수 있도록 했다. 1층 그림책 자료실과 그림책 인형극장이, 2층에는 특별 전시장으로 이루어져 있다. 그림책 자료실에는 현재 8,000권이 넘는 국내외 그림책이 소장되어 있다. 공간 중앙에 있는 네모난 책장은 가운데 크게 구멍이 뚫려 있다. 아이들은 그 사이를 지나다니며 놀거나, 동굴 삼아 혼자만의 시간을 보내기도 한다.

그림책 자료실 맞은편에는 그림책 인형극장이 있다. 주중에는 오전 11시, 주말과 공휴일에는 오후 1시, 오후 3시에 인형극을 진행한다.

2층은 공간 전체가 특별 전시장이
다. 어느 도서관이 책 공간만큼이나
넓은 공간을 전시장으로 활용할까
싶은데, 바로 이곳 순천시립그림책
도서관이 그렇다. 순천시립그림책도
서관은 매년 3회 정도 전시를 진행
한다. 모두 그림책 관련 전시로, 평소
그림책으로 만나보던 작가의 작품을
원화를 만날 수 있다.

마음을 움직이는 도서관

"처음 도서관 설립 이야기가 나왔을
때는 많은 반대가 있었어요. 그림책
도서관에 대한 편견이 없을 수가 없
죠. 하지만 다양하고 꾸준한 활동을
보이고, 시민을 끌어들이기보다는

저희가 직접 먼저 움직이고 다가가다 보니 이제는 다들 좋아해 주세요. 인식 변
화를 끌어낸 거죠."

많은 사람이 '그림책은 아이들이 보는 책'이라는 생각을 가지고 있다. 나옥현
순천시립그림책도서관장은 도서관 운영을 통해 그러한 편견을 깨고 싶었다. 알
아서 사람들이 찾아오기보다는 먼저 발 벗고 나서며, 다양한 프로그램을 진행했
다. 저자와의 만남은 물론, 그림책 학교, 북캠프, 그림책 읽어주기, 그림책 쉐프
등 활발히 활동하는 그림책도서관의 시간은 빠르게 흐른다.

　지난해 순천시립그림책도서관은 유난히 바쁜 한 해를 보내기도 했다. 지난 4월부터 12주 간 진행한 '내 인생 그림일기 만들기' 프로그램을 통해 글과 그림을 배운 할머니 20명이 자신의 인생을 담은 그림에세이《우리가 글을 몰랐지, 인생을 몰랐나》를 출간했기 때문이다. 순천시립그림책도서관은 할머니 작가들과 함께 출판기념회와 원화전시를 열기도 했다. 할머니들에게 '내 인생 그림일기 만들기' 프로그램은 인생에서 잊지 못할 추억을 선사했고, 많은 이에게 깊은 감동을 줬다.

　"저는 도서관 전문가는 아니에요. 하지만 이 도시와 사람들 사이에서 그림책도서관이 잘 섞일 수 있도록 노력한 거죠. 지금은 많은 사람이 관심 가져주고, 시민 참여를 잘 이끌어냈다는 좋은 평을 받기도 했어요. 감사한 일이죠."

　매년 바쁜 나날을 보내는 순천그림책도서관이지만, 나옥현 관장은 다양한 일을 하고 그림책을 통해 많은 사람이 행복해 하는 것에 감사하다. 그림책이 아이들이 읽는 책이라는 인식을 넘어 각 연령층이 읽을 수 있는 날이 오길 바란다.

  "사람이 도서관을 찾기보다 도서관 자체가 움직일 수 있었으면 해요. 사람과 도서관, 그리고 도시가 함께 뒤섞일 수 있길 바라는 거죠. 이 동네가 원도심이라 낙후되어 사람이 찾지 않는 지역이었지만, 도서관이 들어서고 활동이 많아지면서 다양한 사람들이 이곳을 찾고 있어요. 이곳 주민들도 그림책에 대한 욕구가 늘어가고 있고요. 실제로 올해 진행하는 웃장 그림책 만들기 프로그램 신청을 받았는데, 그때 많은 상인 분이 신청해 주셨죠. 많은 사람이 그림책을 읽고, 감동받길 바라요. 나아가 이곳이 그림책마을이 되길 꿈꾸죠." 힌글

그림책도서관 옆
그림책방

도그책방

윤해경(도그책방 대표)

온종일 그림책과 보내는 특별한 경험

순천시립그림책도서관을 찾는 이라면 누구나 한 번쯤 도그책방에 들른다. '도서관 옆 그림책방'이라는 이름처럼 지난 2017년 2월, 도서관으로 향하는 길목에 자리를 잡았다. 그림책도서관 옆 그림책방이라. 사람들은 도서관에 들렀다 우연처럼 도그책방을 마주한다. 무엇에 홀린 듯 문을 열고 책방으로 들어선다. 도서관과 책방, 하루를 온전히 그림책과 함께 보내는 날이 특별하다.

그림책도서관을 나와 도서관길을 따라 도그책방을 향해 걸어갔다. 정문에서 오른쪽으로 1분 남짓 걷다보면 도그책방을 만날 수 있다. 도서관 가까이에 자리 잡은 건 순전히 그림책에 대한 윤해경 대표의 무한한 애정에서 비롯되었다.

피터 레이놀즈의《점》이라는 그림책을 접하며 그림책을 마음에 품어버리고는 그 애정을 이어온 윤 대표. 두 아이의 엄마이기도 한 그녀는 아이들이 학교에 입학하면서부터 학교도서관 봉사를 시작했다. 자녀들이 책과 가까워지길 바라는 마음도 없지 않았다고 한다. 그렇게 학교도서관 봉사를 하다, 순천기적의도서관이 개관하면서 순천에 있는 여러 도서관을 돌며 '북스타트', '책 읽어 주기' 등 그림책 관련 프로그램을 진행했다. 그 활동을 이어 온 것도 벌써 16년째다.

그림책을 향한 무한 애정, 사심 가득한 책방

"정말 신기하더라고요. 글자 몇 자, 그림 몇 장이 사람 마음을 이렇게 들었다 놨다 하는 게. 이 골목에 책방을 연 것도 그림책도서관을 방문하는 작가님들 때문이에요. 도서관 근처에 자리를 잡으면 작가님들과 좀 더 가까이 할 수 있을 것 같았고, 지속적으로 만날 수 있겠다 싶었죠."

도그책방은 윤 대표의 사심 가득한 공간이다. 그림책이 좋아 그림책방을 열었고, 작가들을 만나기 위해 이곳, 도서관 옆길을 선택했다.

도그책방은 책방이라기보다는 편안히 머물 수 있는 놀이방 같다. 문을 열고 들어서면 우선 신발을 벗어야 한다. 가지런히 신발을 벗어 놓고 장판 위로 살포시 발을 올려 놓으니 따듯한 온기가 전해진다. 바닥에 누워 뒹굴 대며 책을 읽고 싶은 충동이 든다. 실제로 아이들은 도그책방을 놀이터 삼아 책과 함께 논다. 윤 대표조차도 아이들의 자유로움을 제지하거나 주의를 주지 않는다. 이곳은 그저

아이들이 책을 만나고 책과 가까워질 수 있도록, 아이와 그림책을 연결해 주는 다리 역할을 할 뿐이다.

윤 대표의 바람대로 그림책도서관에 들른 작가들은 자연스레 도그책방을 찾았다. 윤 대표의 열정은 작가들의 마음을 움직였고, 많은 사람이 작가와의 만남을 통해 그림책과 한걸음 더 가까워졌다. 윤 대표는 작가와의 만남을 진행할 때면, 참가자들이 작가와 손 한 번 잡아 볼 수 있도록, 글 한

줄, 생각 한 줄기 더 들을 수 있도록, 작가들에게 부탁한다. 그저 얼굴 맞대고 이야기만 나누는 것이 아니라 작가의 그림책을 더 깊이 접할 수 있도록 작가와의 만남 자체를 체험프로그램처럼 운영한다. 작은 것이라도 기억에 남고, 그림책을 좋아할 수 있도록, 그래서 그림책이 모두에게 읽힐 수 있길 바라는 마음이다.

"책방을 운영하면서 마음 아픈 순간이 있다면, 어른들이 갖는 그림책에 대한 편견을 마주할 때예요. 그림책은 부모가 아이에게 읽어주는 책이고, 아이들만 읽어야 하는 책이라고 생각하는 분이 많더라고요. 그림책에는 인생이 함축되어 있어요 누구든 위로받고 서로 나눌 수 있는 책이 바로 그림책이에요. 그래서 저도 그림책을 나누려는 거고요."

다양한 연령대가 편견 없이 그림책을 접할 수 있길 바라기에, 윤 대표는 매일 매일 다짐하고 열정을 더한다. 책방 운영이, 그림책을 소개하는 일이 쉽지는 않지만, 책방에 앉아 잘할 수 있다며 스스로에게 용기를 불어넣는다.

지속적인 책방 운영을 위해 수입활동을 병행해야 하는 힘든 상황에서도 윤 대표는 새로운 프로그램을 계획하고 있다. 사람들이 직접 자신만의 그림책을 만들어 볼 수 있는 프로그램을 운영해 볼 생각이다. 드로잉과 시 쓰기 등 꾸준한 수업을 통해 사람들이 직접 자신의 이야기를 담다 보면 어느새 멀게 느껴지던 그림책과도 가까워질 거라는 희망을 가지고 도전해 보고자 한다.

삶 깊숙이 파고든 그림책 한 권만 있다면

"그림책은 제게 씨앗 같은 존재예요. 지역 곳곳을 다니며 저는 그 씨앗을 심고 있어요. 많은 사람이 문학이나 시와 같은 책을 읽듯 직접 그림책을 고르고 읽을 수 있도록 말이에요."

윤 대표의 가장 큰 바람은 그림책이 모든 연령에게 읽히는 날이 오는 것이다. 어른들에게도 좋은 처방전이 될 수 있었으면 하는 마음으로 운영을 이어가고 있다. 기쁠 때나 힘들 때나 그림책이라는 처방전으로 삶을 나아가길 바란다.

"그림책은 0~100세까지 누구나 읽을 수 있어요. 그림책 한 권으로 풍요로운 마음을 품고 살 수 있었으면 좋겠어요. 저처럼 그림책 한 권이 삶 깊숙이 파고들어 위로를 받기도, 용기를 얻기도 하면서 그렇게 세상을 헤쳐 나갈 수 있길 바라요. 도그 책방은 그럴 수 있도록 돕는 공간인 셈이죠."

처음 책방을 열던 그때 그 마음 그대로, 윤 대표는 오늘도 도그책방 문을 활짝 열어 제친다. 글

하고 싶은 일이 많았다
그래서 책방을 심기로 했다

책방 심다

김주은, 홍승용(책방 심다 공동대표)

순천 풍덕교를 지나며 바라본 밖의 풍경은 봄의 얼굴 같은 벚꽃들이 만개하고 있다. 다리를 건너 골목으로 들어서면 가정집을 개조한 책방 심다가 있다. 홍승용, 김주은 부부가 운영하고 있는 책방 '심다'는 벚꽃과 그 사이로 흐르는 순천동천의 풍경과 잘 어울리는 곳이다.

우리가 책방을 왜 하게 됐을까

예술강사였던 부부는 2016년 2월 27일, 책방지기가 되었다. 책방을 할 거라는 생각을 한번도 한 적이 없었다. 그러던 2015년 부부는 함께 한달 동안의 해외 출장을 가게 되었다. 그 시간을 보내며 부부는 앞으로의 삶의 방향에 대하여 고민하는 시간을 갖게 되었다. 앞으로 어떻게 살고 싶은가, 우리가 하고 싶은 일은 무엇인가라는 질문을 했고, 답은 책방이었다. 하고 싶은 일을 할 수 있는 작업실을 만들고 그곳에서 사람들을 만날 수 있는 공간으로 책방을 선택한 것이다. 책방문을 열기 전 이름을 정해야 했다. 여러 개의 후보 중 부부의 마음에 든 이름은 '심다'였다. 무엇보다 동사라는 점이 맘에 들었다. 앞에 무엇을 붙이느냐에 따라 다양한 뜻을 담아낼 수 있었다.

다양한 뜻을 담는 '심다'에서는 많은 프로젝트를 진행하고 있다. 그중에서도 부부가 애착을 갖고 있는 프로그램은 다르다. 애주가인 홍승용 대표는 술과 함께 할 수 있는 프로그램을, 만들기를 좋아하는 김주은 대표는 그림 그리기, 자수, 북 바인딩 등의 프로그램을 진행할 때 책방을 하길 잘했다고 생각한다.

하고 싶은 일이 많아 책방을 열었지만, 꿈이 현실이 된 만큼 그에 따른 어려움도 많았다. 책방을 시작하고 1년이 되었을 때, 선물 같은 아이가 부부에게 찾아왔다. 큰 욕심 없이 운영해오고 있었지만 육아와 책방 운영을 함께 한다는 건 쉽지 않은 일이었다. 책방 운영에 한창 재미가 붙었지만, 이런저런 일들이 겹치자 매일 책방 문을 열어야 한다는 점도 어려움으로 느

껴지기도 했다. 그때 다행히도 지인들과 단골손님의 도움으로 책방을 운영할 수 있었다. 많은 이들의 도움으로 아이와 '심다'는 함께 자랄 수 있었다.

책방이기도, 출판사이기도 한

'심다'는 출판사이기도 하다. 사진작가 겸 디자이너로 일했던 홍승용 대표는 책방을 열기 전 작은 디자인 사무실을 운영했다. 그러한 경험을 살려 책방 문을 열며 출판사로 새롭게 사업자등록을 하게 되었고, 두 권의 책을 출판했다. 김주은 대표와 함께 전국을 돌아다니며 독립출판물을 본 것 또한 많은 도움이 되었다. 유명 작가나 대형 출판사가 아니더라도 누구나 책을 만들 수 있

다는 점이 서점을 운영하며 출판을 함께 하고 싶다는 생각을 더 뚜렷하게 해주는 계기가 되었다.

'심다'를 운영하면서 실제로 나무를 심기도 한다. 여러 의미가 있지만 우리가 만드는 책이 나무 한 그루의 가치보다 못하면 안 된다는 생각과 고마움 때문이다. 앞으로도 더 많은 나무를 심고 싶어 한다.

우리 그리고 누군가의 삶을 '심다'

'심다'가 처음 문을 열었던 곳은 순천 역전 시장 골목이었다. 시장에서 어르신들과 어울리면서 이곳의 이야기를 담고 싶었다. 그렇게 〈순천역 별사탕〉이 처음 세상에 나오게 되었다. 작은 신문인 〈순천역 별사탕〉은 시장에서 만나는 어르신들과 나눈 이야기로 지면이 채워졌다. 소식을 들은 여수수협 순천지점에서는 작은 광고를 실어주시면서 도움을 주었다. 많은 분들이 함께 만들어 간다는 느낌이 들어 기분이 좋았다. 한동안 많은 일들을 진행하느라 정기적인 진행이 어려웠지만, 또 다시 진행하고 싶은 일이다.

순천이 관광지로 워낙 유명하고 순천역 근처에 위치하고 있으니 손님의 비율은 지역민 반, 관광객 반으로 구성된다. 순천에 들렀다가 '심다'를 발견하시는 손님들도 있고, 일부러 찾아와주시는 분들도 계시다. 그분들이 홍보를 많이 해주시는 것 같아 감사하다. 외부에서 찾아오시는 분들을 통해 새로운 곳의 이야기를 들을 수 있는 점도 좋다.

책방을 열기 전에는 책을 많이 읽지 않았다. 직업에 관련된 책들을 주로 읽었다. 책의 의미에 대해서 생각하지 않았던 것 같다. 책방을 시작하고 책을 자주 접하게 되면서 많은 걸 깨닫는 것 같다. 책을 통해 세상이 넓어졌다. 전반에 걸쳐서 모든 것들을 더 알게 해주는 점이 책의 매력인 것 같다. 지금도 배우고 알게 될 세상이 더 많다는 걸 느낀다,

앞으로 바라는 점이 있다면, 서점이 오래오래 운영되었으면 좋겠다. 내가 좋아서 하는 일과 생계로 연결되는 일은 완전히 다르다는 걸 많이 느낀다. 그래도 책방을 통해 꿈이 실현된 '심다'와 오래 함께하고 싶다. 그리고 '심다'가 좀 더 넓고 깊어져서 좋은 컨텐츠를 개발하고 사람들과 나누는 곳이 됐으면 좋겠다. 또한, 지역에 알려지지 않은 가치들, 아름다움들을 소개할 수 있는 무언가를 만들고 싶다. 그 깊이를 표현할 수 있는 무언가를. 심다

글 먹는 책방
밥 먹는 책방

동동책방

임란미, 김수연(동동책방 공동 대표)

찬바람이 가시고 따듯한 햇살이 내려앉기 시작할 즈음이면 여수는 매년 많은 관광객으로 붐빈다.

사람 북적북적한 관광 명소를 등지고 반대편으로 넘어오면 한적한 동네, 안산동이 나온다.

지난해 4월 이곳에 동동책방이 자리를 잡았다.

많은 사람이 찾는 곳은 아니지만, 그만큼 사람이 많지 않아 한없이 평화롭다. 골목 초입에 자리 잡은 동동책방은 이곳의 조용한 분위기를 한껏 머금었다.

'아으, 동동 다리.'

간판에 적힌, 고려 가요에서 따온 노랫말이 동동책방에 도착했음을 알린다.

여수 토박이와 광주 여자가 벌인 즐거운 작당

동동책방은 여수 장성마을에 있다. 정사각형으로 크게 난 창문으로 봄햇살이 가득 들어오고 그 빛은 공간을 감싸 안는다. 그 공간은 찾는 이를 다시금 감싼다. 이 공간에 발붙인 순간이 오롯하게 따듯하다. 창문 너머로 보이는 풍경은 이질감이 없다. 아직 겨울과 봄 사이에서 시간을 보내는 바짝 바른 풀들이 한 폭의 그림처

럼 시선을 빼앗는다.

넓은 공간은 책 공간과 휴식 공간으로 나뉜다. 출입문 쪽에 위치한 책 공간에서 책을 둘러보거나 준비된 자리에 앉아 차 한 잔이나 한 끼 식사를 하며 담소를 나눌 수 있다.

동동책방은 여수 토박이 임란미 대표와 2년 전 광주에서 이사 온 김수연 대표가 함께 운영 중이다.

임란미 대표가 운영하는 의류 매장에서 만난 두 사람은 취향이 비슷한 탓에 금세 가까워졌다. 두 사람 모두 책방 운영에 대한 꿈을 가지고 있었고, 오랫동안 그리던 꿈은 현실이 되기까지 그리 오랜 시간이 걸리지 않았다. 시기적절하게 알맞은 공간을 찾았고, 취향이 잘 맞는 둘은 척척 공간을 채워나갔다.

"책방을 열고 처음에는 우리끼리 노는 것만으로도 매일매일이 즐거웠어요. 그러다 어느 순간 문득 '이러면 안 될 것 같다'라는 생각이 들었어요. 지속적으로 책방을 운영할 수 있도록, 더 많은 사람을 만날 수 있는 공간을 만들어야겠다는 생각을 했죠."

두 대표는 그토록 꿈 꿔왔던 책방을 오래 지속시키기 위해서 무언가 접목이 필요하다고 느꼈다.

책방 운영을 이어나가기 위해서는 안정적 수입이 절대적이다. 그래서 평소 임란미 대표가 좋아하던 요리를 책방과 연결시켰다. 제철 로컬 푸드를 사용하고 화학조미료를 사용하지 않으며, 모든 영양소가 적절히 들어간, 그런 든든한 한 끼 밥상을 만든다.

"동동책방은 밥 먹는 책방이에요. 이곳을 들르는 사람들이 밥도 먹고 책도 읽을 수 있는 공간인 거죠."

그럼에도, 책방 하길 잘했다

임란미 대표가 음식을 만들면 김수연 대표는 책방에 들일 도서를 선별하고 주문한다.

"처음 책방 시작할 때는 30~40권 정도로 시작했어요. 처음에는 어떤 특별한 기준 없이 책을 구매했어요. 그러다 시간이 지나면서 점점 보이더라고요. 사람들이 어떤 책에 더 흥미를 느끼고 좋아하는지. 내용이나 책 자체가 너무 무거우면 다들 부담스러워하는 경향이 있는 것 같아요. 그래서 가볍게 읽을 수 있고, 들고 다니기도 편한 책을 많이 들여놨어요. 우리 취향에 맞는 책도 소개하고 있고요. 이곳 동동책방의 정체성을 드러낼 수 있는, 우리 취향 가득 담긴 책을 공유하는 거죠."

김 대표는 처음에는 같은 책을 다섯 권 정도 들여 놓고 판매했지만, 지금은 한 권씩만 들여 비치해 놓는다고 한다. 다양한 종류의 도서를 접할 수 있도록 하기

위함이다.

물론 책방 일이 녹록지는 않다. 지역 곳곳에 작은 책방이 많이 생겨, 책방 투어를 다니는 여행객은 많지만, 책을 구입하는 사람이 아주 많지는 않다. 그저 공간을 둘러보고 '이런 공간도 있구나' 느끼고 떠날 뿐이다. 다른 책방들처럼 책모임과 같은 프로그램을 많이 진행하고 싶지만, 책방을 열 때의 '그냥 해보자'하는 결단력이 생기지 않는다.

"책방 시작할 때처럼 생각하지 않고 일단 모임을 진행했다면, 지금쯤 어떻게든 하고 있을 거예요. 그런데 아무래도 저희 둘 다 독서 스타일이 다른데, 다른 분들은 또 얼마나 다르겠어요. 어떤 접근방식으로 책모임을 진행해야 할지 고민이 많아지다 보니, 선뜻 시작하기가 조심스러워진 거죠. 그래도 이 고민을 계속 이어가 책모임을 시작해 볼 계획이에요."

동동책방 이용객에게, 지역 주민에게 양질의 프로그램을 제공하고 싶은 마음에 두 대표는 꽤나 조심스럽다. 많은 사람이 찾고 사랑하는 여수이지만, 아직 놀거리와 볼거리가 풍성하지 않다는 생각 때문에 조금 더 고민이 많다.

여수를 찾는 여행객이 조금 더 풍성한 여행을 즐길 수 있도록, 두 대표는 새로운 프로젝트를 계획 중이다.

여수 현지인만이 아는, 동동책방이 추천하는 여행리스트를 제공하는 것이다. 이미 모두가 알고 있는 공간 말고, 지극히 '동동스러운' 여행리스트다.

두 대표는 단순히 책방을 하고 싶다는 생각에서 나아가 동동책방을 통해 여수의 매력을 느낄 수 있는 것들을 준비하고 있다. 아직 채 1년이 되지 않았지만, 누군가에게 특별한 추억이 되길 바라는 마음

으로 동동책방을 운영하고 있다.

"가끔 공간 안에 사람이 많은데도 조용할 때가 있어요. 책장 넘기는 소리밖에 들리지 않는 순간이면 책방 하길 정말 잘했구나 싶어요."

제각기 다른 옷을 입은 책들이 책장이며, 테이블이며 가득 놓여 있다. 테이블 가득 펼쳐진 책을 보고 있으면 꼭 나의 외로움을 품어 줄 넓은 바다 같다.

마음 잘 맞는 두 대표의 취향을 한껏 섞은 공간에 그와 취향을 함께 하는 이들이 찾아올 때면 그 색은 더 짙어진다. 동라

책을 통해 무언가 일어나는,
무엇이든 일어날 수 있는 공간

퐁당퐁당

윤선미(퐁당퐁당 대표)

용당동에 일어난 작은 물결

호남선 종착역인 목포역에서 멀지 않은 곳에 있는 용당동. 과거에는 바닷가 마을이었던 용당동은 용이 하늘로 올라간 형상에 못이 있다고 해서 용당이라 이름 붙었다. 목포시청이 용당동으로 이전해 오면서 주요 공공기관이 모여 있었지만, 남악신도시가 생기고 전라남도청을 비롯한 기관이 함께 옮겨 갔다. 한동안 활기 가득한 동네였지만, 지금은 낮은 건물이 오밀조밀 모여 있는 여느 작은 동네의 한적한 모습을 하고 있다.

목포 독립서점 퐁당퐁당은 주차된 차들이 복잡하게 서 있는 길 초입에 있다. 건물 2층에서 운영 중이지만, 출입문에 '퐁當퐁當'이라 적혀 있어 쉽게 찾을 수 있다. 계단을 오르는 중 벽면에 붙은 글이 눈에 들어온다.

'독서는 앉아서 하는 여행이고, 여행은 걸어 다니면서 하는 독서다.'

퐁당퐁당이 목포에 자리 잡은 지는 이제 겨우 5개월이 지났다. 짧은 시간이지만 윤선미 대표의 시간은 그 어느 때보다 빠르게 흐른다.

윤선미 대표의 서점 운영 계기는 다양한 문화 공간의 부재에서 출발했다. 타도시처럼 목포에도 아기자기하고 색 뚜렷한 카페가 들어서고 있지만, 다양한 문

화를 즐기기엔 턱없이 부족하다.

윤 대표는 평소 여행 중에 지역 책방을 꼭 들르곤 했는데, 그때마다 아쉬움이 있었다. 책방을 운영해야겠다고 본격적으로 마음먹은 것은 4년 전 제주도 여행에서였다.

"종달리에 있는 독립서점 소심한 책방에 들른 적 있어요. 공간도 좋았지만, 그저 동네 책방이 아니라 여행객이 한 번쯤 들르는 명소 중 하나더라고요. 마을 안쪽에 있는데도 많은 사람이 찾아오더라구요. 책을 파는 공간이지만 제주도와 종달리에 대한 좋은 인상을 심어주는 공간 같았어요. 그때 제 고향 목포에 책방을 운영하자는 생각을 했어요. 우연히 들른 공간에서 누군가의 친절과 따뜻함을 나눠 받는다면, 목포에 대한 좋은 인상을 심어줄 수 있을 것 같았거든요."

퐁당퐁당. 이름이 정겹다. 용당동은 과거 침수지역으로 집중 호우 시에 일대가 물에 잠기는 일이 빈번했다. 그래서 동네 주민들은 퐁당동이라는 별명을 붙이기도 했는데, 이를 빌려와 책방 이름을 지었다. 책 속에 퐁당퐁당 빠져 보자는 의미도 함께 더했다.

책을 통해 외로움을 치유하다

퐁당퐁당에서는 약 300여 권 정도의 책을 구비하여 판매하고 있다. 목포 지역 작가들의 작품은 따로 모아 소개하는 일도 한다. 대중에게 숨어있는 지역 작가를 소개하는 것 또한 퐁당퐁당의 일이라고 윤 대표는 말한다. 그런 윤 대표의 마음이 책방 가득 가지런히 꽂혀 있다. 안쪽 공간에는 판매 도서를, 바깥 공간에는 공유 도서를 진열해 두었다. 공유 책장에는 책뿐만 아니라 영화 DVD 코너도 마련했다.

아직까지 목포에는 독립서점, 동네책방이라는 개념이 생소하기만 하다. 퐁당퐁당을 찾는 이도 대부분 여행객이고, SNS를 통해 알고 일부러 찾아오는 이가 많다. 지역 주민에게 퐁당퐁당의 존재를 알리기 위해 윤 대표는 다양한 프로그램을 구상 중이다.

현재 퐁당퐁당에서는 독서모임을 정기적으로 진행하고 머그컵 그리기 프로그램도 진행한다. 지난해에는 첫 플리마켓을 열기도 했다. 퐁당퐁당을 자주 찾는 손님들과 함께한 행사였다.

"이곳이 단순히 책방 역할만 하는 것은 아니라는 걸 느꼈어요. 퐁당퐁당을 찾는 사람들이 이곳을 통해서, 프로그램을 통해서 자발적으로 다른 일을 벌이기 시작하는 걸 본 거죠. 사람들 저마다 가지고 있는 욕구가 있는데 그걸 제대로 풀지 못하고 있었다는 생각이 들어요. 그것을 퐁당퐁당에서 풀어줄 수 있지 않을까 싶고요."

무언가 일어나는 공간, 무엇이든 일어날 수 있는 공간. 그게 바로 퐁당퐁당의 역할이다. 책을 매개로든 모임을 통해서든 다양한 사람을 만나고 생각을 공유하며 또 다른 일을 벌인다. 하나의 공간이 여러 가지의 빛을 뿜어낸다.

세상에서 제일 좋아하는
꽃은 내가슴에 활짝핀
그대라는 꽃입니다

작은책방 뚱딴뚱땅

C'est la vie.

Dear Maison

꾸준히 글을 쓰는 지인의 글을 인용해 퐁당퐁당만의 종이봉투를 만들기도 했다. 윤 대표는 누군가 내어 놓은 재료로 작품을 완성시키고 기뻐할 추억을 선물한다. 1년도 되지 않은 운영 기간 동안 바쁘게 움직이고 사람을 만난 윤 대표가느낀 퐁당퐁당의 존재 이유다.

"책은 외로움을 치유할 수 있는 도구라고 생각해요. 독서모임을 진행하면서 더욱 절실히 느꼈어요. 책을 통해 그리고 함께 하는 사람을 통해서 외로움을 지워내는 거죠. 길지 않은 시간이지만 운영하면서 변화의 가능성을 확인했어요. 그래서 오래도록 서점을 유지하고 싶은 마음도 크고요."

매일 새로운 것을 꿈꾸며

지난 3월부터 윤 대표는 책방 모임을 시작했다. 아직 정식 모임은 아니지만 모임을 통해 작은 책방이 힘을 합치고, 책방 운영을 꿈꾸는 또 다른 이들에게 도움을 줄 생각이다. 향후에는 북페스티벌도 진행하고 싶다고 이야기한다. 5월에는 목포 책방과 연대해 전남독서문화한마당에도 참여한다며, 앞으로 벌어질 다양한 일에 대한 기대를 드러냈다.

매일 새로운 것을 꿈꾸며 많은 이가 조금 더 다양한 것을 경험할 수 있도록 쉼 없이 움직이고 있는 퐁당퐁당. 계단 벽면에 붙은 글귀처럼, 책을 따라 걷는 윤 대표의 여행길이 여전히 즐겁고 설레는 듯하다. 효리

세상 뜰 날 품고 갈 책 한권으로
삶의 가치를 다시 만들다

길작은도서관

한광희 목사(길작은도서관)

전남 곡성군 입면 서봉리에는 옹기종기 집들이 모여 있다. 멀찍이 떨어져 있는 보통의 시골집들과는 달리 사이가 좋다. 비료푸대를 모으는 할머니와 산책하는 아저씨를 따라 조금 더 들어가면 '길작은도서관'이라는 글자가 보인다. 아직 어린 티를 벗지 못한 강아지 한 마리가 도서관에서 뛰어나와 반긴다.

'길작은도서관'의 한쪽 벽에는 누구의 것이었을지 모를 검정 고무신들이 여러 켤레 붙어있다. 그리고 그 여백을 시와 벽화가 채워주고 있다. 한참 벽에 적힌 시를 읽고 있는데, 인사 소리가 들려왔다. '길작은도서관'의 관리자인 한광희 목사였다.

길작은도서관, 책과 사람들로 채워지다

한광희 목사와 김선자 관장은 2004년 곡성에 자리를 잡았다. 교회를 운영하며 차츰차츰 마을을 알아갈 무렵, 늦은 밤까지 골목에서 놀고 있는 아이들이 눈에 띄었다.

'아이들이 이 늦은 시간에 집에 있지 않고 왜 밖에 있을까?'

찬찬히 살펴보니 부모님들이 그 시간까지 집에 돌아오지 못하는 가정이 많았다. 늦도록 일을 해야 하기 때문이었다. 다문화가정도 많았다. 외국에서 온 엄마들은 교육에 어려움을 많았다. 이국적인 외모, 말투에 상처를 받고 움츠러든 아이들도 있었다. 조부모 밑에서 자란 아이들도 집밖으로 겉돌고 있었다. 한부모가정 또한 마찬가지였다. 교육보다는 당장 먹고 사는 문제가 더 급했다.

김선자 관장은 아이들을 교회로 불렀다. 그렇게 아이들은 교회를 사랑방처럼 들락거리기 시작했다. 그런 모습을 보며 김선자 관장은 도서관을 만들기로 했다. 교회보다는 아이들에게 더 많은 경험을 할 수 있는 곳을 만들고 싶었기 때문이다.

2011년 비어있던 농가를 사서 책을 채워 넣었다. 그렇게 '길작은도서관'은 문을 열었다. 처음에는 아주 힘들었다. 시설, 환경, 여건 뭐 하나 쉬운 게 없었다. 도서관 라벨 작업부터 고생을 많이 했다. 책이 많지 않았지만, 컴퓨터가 없기에 여간 고생스러운 게 아니었다. 책을 관리하는 것도 어려움이 컸다. 아이들이 도서

관에 대한 인식이 부족해 책이 상하기도 하고 간혹 없어지기도 했다. 하나하나 익히고 가르치며 아이들과 함께 도서관을 꾸려가기 시작했다.

아이들은 도서관에서 책을 보기도 하고 간식을 꺼내 먹기도 했다. 책을 읽다가 잠을 자기도 하면서 시간을 보냈다.

도서관에 아이들이 모여 왁자왁자 노는 날이 많아지니 어느새 마을 어르신들도 하나둘 찾아오기 시작했다. 도서관에 놀러 오셨던 할머니들은 아이들이 읽다가 바닥에 두고 간 책을 정리해 주기도 했다. 그런데 정리된 책을

보니 방향이 거꾸로였다. 거꾸로 꽂았다고 하니, 옆에 제대로 꽂혀 있는 책을 뒤집어 꽂는 걸 보며 '아차' 하는 생각이 들었다.

어린 시절 학교에 가지 못했던 탓에 한글을 모르고 계셨다. 김선자 관장은 그때부터 할머니들에게 한글 교육을 시작하자 결심했다.

글자가 낱말로, 낱말이 시가 되어 빛나다

시행착오가 많았다. 처음에는 한글 교육을 거부하시기도 했다. 마을회관에 가서 설득하다 돌아오기도 했다. 길을 가다가도 할머니들을 만나면 도서관에서 함께 공부하자고 말씀드렸다. 그렇게 시간이 흘러 몇 분이 도서관을 찾아오셨다. 열여섯 명, 마을 규모에 비하면 적은 수였지만, 한글교실을 시작할 수 있다는 것만으로도 좋았다. 아이들의 쉼터가 할머니에게 학교가 되는 순간이었다.

시작만 하면 될 줄 알았던 한글 공부, 더 어려운 건 그 이후였다. 학생 중 나이가 들어 돌아가시는 분들도, 마을을 떠나는 분도 생기면서 학생 수가 점점줄어

들었다. 또한 수업이 진행될수록 개인간 학습 진도가 너무 달랐다. 조금 뒤처지는 어르신들의 학구열도 그만큼 떨어졌다.

낱말카드부터 다시 시작했다. 글자를 보고 따라 쓰기, 아니 '그리기'였다고 할 수 있다. 모음과 자음을 하나씩하나씩 익혀 낱말을 만들었다. 반복학습을 통해 낱말을 이어 문장을 만들고, 글을 쓰게 되면서 시가 만들어지기 시작했다. 상상하지 못한 놀라운 결과였다.

마음 그대로, 있는 그대로, 느낀 그대로, 그야말로 '그대로 시'다. 어르신들 그대로 담고 있다. 그대로 빛이 난다. 사투리로 더 맛깔난다.

큰 집에서 혼자 지내면 서글픈 게 친구고 외로움이 친구다
새끼들이 오면 반갑고, 가면 서운해 눈물 나고
잠 안 오는 밤이면 이 생각 저 생각이 널을 뛴다
팔십이 넘으니까 새끼들에게 짐이 될까
병원생활도 싫고 요양병원도 싫고

건강하게 살다가 하나님 부르시면
가고 싶은디

길작은도서관 한글교실 윤금순 할
머니의 '소원'이라는 제목의 시다.
　윤금순 할머니는 10년 전 갑작스러
운 사고로 아들을 잃었다. 그 일 년 후
남편이 우울증으로 아들을 따라갔다. 웃음은 물론 말도 없었다. 시간이 지나 어
느 날 윤금순 할머니가 도서관에 오셨다. 글을 배우고 시를 쓰고 그림을 그리면
서 할머니는 다시 웃기 시작하셨다. 슬픔과 실의에 빠져 있던 윤 할머니를 위로
하고 다시 일으켜 세운 건 다름 아닌 글과 그림이었다.

미래를 꿈꾸지 않을 나이는 없다

할머니들의 시가 조금씩 쌓이기 시작했고 책을 내고 싶었다. 여기저기 출판사에
편지를 써 보냈지만, 책을 내준다는 출판사가 없었다. 그러던 어느 날 북극곰출
판사에서 연락이 왔다. 할머니들의 꾸미지 않은 시가 마음을 움직인 것이다. 그
렇게 《시집살이 詩집살이》가 세상에 나왔다. 도서관 앞마당에서 할머니들과 함
께 조그맣게 출판기념회도 열었다. 너무나도 아름답고 감사한 경험이었다.
　할머니들의 시집이 출판된 이후로 입소문을 타고 여기저기에서 연락이 왔다.
방송에도 출연하고 언론사에서도 찾아왔다.
　"인터뷰하면 어느 때 가장 보람을 느끼냐고 자주 물어요. 무엇보다도 할머니
들의 변화가 가장 큰 보람인 것 같아요."
　한 목사와 김 관장이 어르신들을 처음 만났을 때는 모두들 한결같이 그냥 건

강하게 살다가 죽는 것이 소원이라고 했다. 별다른 꿈이 없었다. 하루하루 회관에 모여 소일거리 삼아 화투를 쳤다. 그런데 길작은도서관에서 공부를 시작하고 새로운 경험을 하면서 달라졌다. 눈을 뜨면 그날 그날 별탈없이 지나가기를 바라던 할머니들에게 꿈이 생겨나기 시작했다. 지금까지의 삶을 정리하고 글로 쓴다는 것, 미래를 꿈꾼다는 건 할머니들에게 엄청난 변화였다. 그 변화를 느낄 때가 할머니들과 함께 하는 날들 중 가장 값진 순간이라고 한 목사는 말한다.

최근 길작은도서관 할머니들 이야기를 담은 영화 '시인 할매'가 개봉했다. 그 영향 덕분인지 할머니들의 시집 《시집살이 詩집살이》의 구매율이 올랐다. 할머니들도 신기해 하고 즐거워 한다.

작가촌 서봉리를 꿈꾸며

얼마 전 군에서 길작은도서관에 건물을 지어주겠다는 연락이 왔다. 반가웠다. 열악한 시설에 대해서 고민이 있었기에 더군다나 그랬다. 하지만 땅을 기부해야한다는 것과 운영권을 넘겨야 한다는 것이 문제였다. 좀더 좋은 시설에서 아이들과 어르신을 만날 수 있는 것은 분명 좋은 일이나 땅을 내놓으라니, 게다가 운영권까지 달라니 좀 억지 같았다.

"도서관의 의미는 단순히 돈이나 건물과 같은 재산의 의미로 봐서는 안 된다고 생각해요. 그 안의 내용과 가치를 봐야죠. 내용과 그것을 운영하는 사람이 중요한 거잖아요. 아쉬운 대로 이대로 지내야 하나 아니면 조금 자존심 접고 어르

신들과 아이에게 좀더 나은 환경을 만들어드리는 것이 맞는지 지금까지도 고민이에요. 조만간 결론이 나겠죠."

어떤 식으로 결론이 나든 한 목사와 김 관장의 의지가 변하지 않는다면 길작은도서관은 변하지 않을 것이다. 서봉리 어르신들과 아이들의 즐거운 배움터, 쉼터로서 여전할테니.

한 목사는 자신들과 뜻을 같이 하는 젊은 친구들이 마을로 많이 찾아오길 바란다.

"서봉리에 재능 있는 친구들이 많이 들어오면 함께 작가촌을 만들고 싶어요. 북카페도 만들고 문화공간도 만들어 마을사람들이 즐겁게 살고, 외부에서도 관광객들이 많이 찾는 마을로 만들고 싶어요."

'시인 할매'들이 사는 마을이 '작가촌 서봉리'로 다시 태어나는 날을 기대해 본다. 길글

외로운 섬을 감싸는
바다처럼

완도살롱

이종인(완도살롱 대표)

육지를 벗어나 계속해서 남쪽으로

완도에는 '완도살롱'이라는 작은 동네책방이 있다. 완도로 향하는 길, 표지판에는 완도와 해남 땅끝마을이 함께했다. 그만큼 멀고도 먼 여정이다. 이름만 익숙한 땅끝마을이라 새겨진 표지판이 보이자 가슴이 두근거린다.

어느새 우리는 남쪽 끝에 당도했고, 육지와 섬을 잇는 도로를 통해 매일같이 밟고 서 있던 땅을 벗어났다.

완도살롱으로 향하는 길은 기대보다는 새로움이라는 설렘에 마음이 뭉근하게 끓어오른다.

인구 5만 명이 조금 넘는 섬은 여느 바닷가 시골 마을 같다. 온 동네가 마치 시장 골목인 것처럼 오밀조밀하다. 이른 밤이면 이곳 상점은 모두 문을 닫는다. 어두운 거리에 홀로 불 켜진 공간은 하루 중 그 어느 때보다 존재감이 강하다. 은은한 불빛만으로도 존재감을 드러내는 곳이 바로 완도살롱이다.

문을 열고 들어서면 칵테일을 판매하는 바와 책이 놓인 테이블이 보인다. 이곳에서는 책과 칵테일이 사람 사이를 이어준다. 라이프 스타일, 여행, 사랑과 관련한 도서에 이종인 대표의 취향이 섞인 출판물을 진열해 놓았다. 이 대표가 추천하는 도서 코너도 있다. 자신이 좋아하고 가장 잘 설명할 수 있는 책들을 소개한다.

완도살롱의 시그니처 칵테일은 '주도'다. 완도의 보물인 주도 상록수림을 술잔 하나에 옮겨 담았다. 아름다운 섬이 술잔 안에 겹겹이 쌓인다.

완도살롱은 이 대표가 그동안 꿈꿔왔던 것들의 집합체다. 이 대표는 팍팍한 서울살이에서 벗어나고 싶었고, 바닷가 지역에서 살아 보고 싶은 로망이 있었다. 디지털 노마드에 대한 꿈 역시 완도에서 실현 중이다. 현재는《디지털 노마드 가이드북》이라는 이름으로 작업하고 있다.

대학 진학을 위해 고향을 떠나 서울에 정착한 이종인 대표는 그렇게 20대를 온전히 서울에서 보냈다. 직장을 다니다 20대 후반에는 프리랜서로 활동하며 글을 썼다. 어느 순간 서울살이가 힘겹게 느껴졌고 불안한 나날을 보냈다. 서울이 아닌 다른 곳으로 벗어나고 싶었다. 때마침 친한 고향친구가 완도에 정착해 있어 이 대표는 쉴 겸, 친구도 볼 겸해서 완도에서 한달살이를 시작했다. 그러다 '더 살아볼까?'하는 생각이 이어져, 완도에 눌러앉았다.

"완도에서 좋아하는 일을 하며 살아보자는 생각에 살 곳을 구했는데 그곳이 지금 완도살롱 자리에요. 안쪽은 생활공간, 작업실로 쓰고 바깥쪽에서는 서점을 할 생각이었죠. 집을 구할 당시 이곳 건물주 분을 만났는데 그 분이 '이곳에서 무엇을 하고 싶냐'라고 물어 서점을 하고 싶다 말했어요. 그런데 알고 보니 완도살

롱 자리가 책과 학용품을 판매하던 국제문구가 있었고, 건물주 분이 오래도록 운영했다 하더라고요. 운명처럼 느껴졌어요. 그래서 꼭 이곳에 서점을 해야겠다고 마음먹었죠."

책방 운영에 운명을 느낀 이 대표

는 공간 계약을 진행하고 직접 공간을 뜯어고쳤고 지난해 3월 21일 서점 겸 펍인 완도살롱 문을 열었다. '원더원더(WONDERWANDER)'라는 이름으로 출판사도 차렸다. 그동안 완도에 출판사 신고를 한 곳이 없으니 완도 1호 출판사인 셈이다. 원더원더에서는 여행, 라이프 스타일 관련 도서를 출판하고자 한다. 아직까지 출판된 도서는 없지만, 올 하반기에 본격적으로 작업에 들어갈 예정이다.

늦은 밤 지친 하루와 마음을 보듬다

하루일과를 마친 청년들은 완도살롱을 찾는다. 책을 읽거나 술 한 잔 기울이며 대화를 나눈다. 이곳에서 벌어지는 다양한 프로그램에도 참여한다. 독서모임과 영화감상모임, 원어민 교사들이 서로의 언어와 문화를 공유하는 랭귀지 익스체인지, 완도원더랜드 등 작은 공간에서 무수한 이야깃거리가 흘러나온다. 살롱이라는 이름에 걸맞게 다양한 사람이 모여 갖가지 이야기와 재능을 공유한다. 이 대표는 완도살롱의 마담을 자처한다.

이 대표는 불안정한 자신을 편히 뉘일 곳이 필요해 완도살롱을 시작했다. 그리고 이 단조로운 생활에서 벗어나고 싶은 이들이 이곳을 찾았다. 도시였다면 한창 사람이 붐빌 시간에 완도는 어두컴컴했다.

완도에는 대학교가 없었고, 그러니 청년들이 고향에 머물 일이 전무했다. 학교 진학을 위해 또는 돈을 벌기 위해 청년들은 고향을 떠나 도시로 스며들었다. 그리고 그 빈자리를 외지인과 이방인이 채웠다. 지방 발령이나 전근으로 인해 어쩔 수 없이 완도에 자리 잡은 이들이다.

"완도에는 그 흔한 볼링장 하나 없어요. 밤이 되면 대부분의 가게가 일찍 문을 닫으니 할 게 없는 거예요. 집, 회사로 반복되는 똑같은 일상에 권태를 느끼고, 아는 사람도 없는 타지에서 외로움만 키우는 거죠. 작년 초만 해도 이곳을 찾는 사람 중에 우울해 하는 친구들이 많았어요. 그런데 시간이 지나면서 그 친구들이 완도살롱을 통해 조금씩 생기를 찾아가는 걸 보면서 이곳이 사람들에게 조금이나마 위안을 줄 수 있는 공간이 될 수 있겠구나 싶었죠. 완도의 많은 사람이 이곳에서 서로 대화하면서 알아가고 친해질 수 있었으면 해요."

즐길 거리 없는 완도에서 완도살롱은 현지인이든 외지인이든 모두에게 좋은 버팀목이며, 외로움을 보듬어주는 공간이다.

이 대표에게 가장 큰 걱정이 있다면 지금 완도살롱을 찾는 이들이 다시 이곳을 찾지 않는 것이다. 지금도 텅 빈 공간에서 사람을 기다리는 것이 어렵다. 어쩌면 이 대표에게도, 완도살롱을 찾는 이들에게도 완도살롱은 위로의 공간일지도 모른다.

"종종 손님들과 이런 이야기를 해요. 완도살롱이 오래 유지되었으면 좋겠다고요. 그 친구들과 제 바람인 거죠. 완도살롱을 오래도록 운영하고, 그 주변으로 또 다른 공간들이 생겨났으면 좋겠어요. 완도에서 무언가를 계획하는 친구들에게 거점지 역할을 할 수 있다면 정말 좋은 일인 거죠." 완료

그 많던 책방이 떠난 자리에서
사람 북적이던 호시절을
간직하다

전주 동문책방골목

이곳에는 묵직한 책 향이 가득했었다

내가 살던 동네에는 헌책방이 없었다. 시골 동네라 책방도 한 곳뿐이어서 책방보다는 인터넷 서점이 더 익숙했다. 그러니 책을 사고파는 헌책방에 대한 추억이 있을 리 만무하다. 하지만 처음 경험한 헌책방은 진정한 책의 세계 같았다. 빈 공간보다 쌓인 책이 더 많은 헌책방은 낯설지만 그만큼 설레는 새로운 세계였다. 아주 오래 전 세상에 나온 책부터 절판 도서, 한창 인기를 끌다 시들해진 책까지. 찬찬히 책방 안을 돌다 보면 어느새 손에는 대여섯 권이 들려 있었다.

지역 곳곳에는 책방거리가 존재한다. 지금보다는 책 수요가 많던 시절에 속속들이 생겨났다. 당시 사람들은 책방거리에서 책을 사고팔았고, 해가 바뀌면 학생들은 필요 없어진 문제집을 팔아 적은 돈이지만 용돈 벌이를 했다. 찾는 이가 많으니 거리는 활발히 움직였다. 한 골목을 이룰 정도로 많은 책방이 존재했지만, 현재 그 많던 책방은 사라졌다. 그리 길지 않은 호황기를 누리다 종이책보다 e-Book을 선호하는 세상이 오니 자연스레 책방은 하나둘 문을 닫았다. 아직 흔적이 남아있는 책방거리를 돌아봐도 책방거리라 부르는 게 무색할 정도로 거리는 다른 상가로 메꿔졌다.

전주 완산구 동문길에도 책방골목이 존재한다. 이곳 역시 책방골목이라 부르기에는 남아 있는 책방이 많지 않다. 그 많던 책방은 사라지고 현재 홍지서림, 한가네 서점, 일신서점 등 몇몇 책방은 여전히 자리를 지키며 동문책방골목의 명맥을 이어가고 있다.

동문책방골목은 1963년 홍지서림이 동문거리에 뿌리를 내린 이후, 1980년대부터 그 주변으로 헌책방이 하나둘씩 자리를 잡으면서 전북을 대표하는 책방골목이 됐다. 전성기 때는 30여 곳에 이르는 헌책방이 골목에 줄을 이었지만, 시대의 흐름을 피해가기란 쉽지 않았다. 2000년대 초반까지도

100여 곳이 남아 있었지만, 책 수요가 점차 줄면서 헌책방은 차례로 자리를 떠나 추억이 되었다. 그 시대를 기억하지 못하는 젊은 세대에게는 한때 거리에 퍼졌을 헌책방의 묵직한 책 향기는커녕, 왕성히 움직이던 책방골목을 상상해보기란 쉽지 않다.

홍지서림 앞에서 만나자

동문책방거리의 현존하는 책방 중 가장 오랜 역사를 지닌 홍지서림은 전주시에서 지정한 전주미래유산이다. 서점 외벽에도 전주미래유산임을 알 수 있도록 현판이 붙어 있다. 오랜 역사를 지닌 만큼 그 시간을 미래로 이어갈만한 가치와 이유가 존재하는 곳이다.

홍지서림은 1963년 문을 열어 57년 세월을 보낸 전주의 향토서점이다. 서점 종업원으로 일하며 서점 운영의 꿈을 키운 천병로 씨는 스물여덟 젊은 나이에 홍지서림을 열었다. 뜻을 널리 넓힌다는 의미처럼 홍지서림은 나긋하게 긴 시간동안 지역민에게 존재감을 내비쳤다. 홍지서림이 문을 연 후 전주 동문책방골목은 사람들에게 '홍지서림 골목'으로 불릴 만큼 만남의 장소로 이용되며 지역민 누구에게나 익숙한 공간이었다. 또한 양귀자, 은희경, 故 최명희 작가 등 문학인들이 자주 드나들며 문학의 꿈을 키우는 공간이기도 했다. 양귀자 작가는 1998년 홍지서림이 부도위기에 처하자 서점을 인수하여 폐업을 막은 주인공이기도 하다. 양귀자 작가에게 홍지서림은 마음의 고향이었고, 어린 시절을 보낸 추억의 공간이었기에 쉬이 사라지는 것을

보고만 있을 수는 없었다고 한다. 지금은 양귀자 작가의 조카인 양계영 씨가 1999년에 서점을 인수해 운영을 이어오고 있다.

홍지서림에서 일하는 직원들 역시 이곳에서 긴 시간 일하며, 서점이 걸어온 길을 함께했다. 작은 학습지 서점을 운영하던 형님을 도와 일을 하다, 1991년도에 처음 입사한 강성수 부장은 어느덧 28년 세월을 홍지서림에서 보냈다. 눈감고도 손님이 찾는 책을 찾을 수 있을 만큼 서점 구석구석 그의 손길이 닿지 않은 곳이 없다. 강성수 부장보다 한 해 먼저 들어온 이미희 부장 역시 홍지서림의 없어서는 안 되는 인물이다. 영업이 한창 잘 될 때도, 부도위기를 맞았을 때도 이 두 사람은 홍지서림에서 함께했다. 두 사람의 역사가 곧 서점의 역사인 셈이다.

"2000년대 초반만 해도 이쪽 거리가 번화가에 속해서 사람이 많았어요. 거리에 사람이 많으니 서점을 찾는 손님도 많았죠. 그런데 지금은

강성수, 이미희 부장(홍지서림)

사람도 줄고 매출도 많이 떨어졌죠. 주변에 대형서점이 들어오면서 타격을 많이 입었어요. 대부분 인터넷으로 구매하거나 대형서점을 가니까 이곳 본점 매출은 계속 줄지만, 그래도 지점이 있는 곳에는 대형서점이 없어 그곳 수익으로 서점을 운영하고 있어요."

분명 서점을 찾는 이는 줄었지만, 두 사람이 서점을 살피는 일은 여전하다. 강성수, 이미희 부장이 기획한 전주이야기 책 코너가 이 두 사람의 정성을 대신한다. 전주 출신 작가와 전주에 뿌리내린 출판사, 전주 관련 서적까지 이곳의 과거와 현재, 미래를 이야기하는 것들로 꾸며져 있다. 어쩌면 지역 향토서점은 지역을 알리고, 이야기하는 것이 그 역할의 전부가 아닐까.

여전히 이곳을 지키는 사람

헌책방 안에는 오래 묵은 종이책 특유의 쿰쿰한 냄새가 났다. 새 종이에서 풍기는 따끈한 잉크 냄새는 없어도 시간을 간직한 그만의 알싸한 향이 코끝을 감싼다. 책방에 들어섰을 때 이미 한 손님이 책방을 둘러보고 있었다. 나이 지긋한 손님은 책 몇 권을 구입하며 집 안에 책이 너무 많아 아는 형님의 빈 집을 빌려 서재로 만들어야겠다며 길을 나섰다.

서점 안에는 수없이 많은 책이 켜켜이 쌓여 있다. 수서도 없이 제멋대로 놓인 것 같아도, 주인장만의 규칙대로 정리해 그만이 알 수 있는 특별한 정리 방법이다. 가득 쌓인 책 덕에 통로는 한 사람만

겨우 지나갈 수 있는 넓이다. 행여 반대편에서 오던 사람과 마주치기라도 하면 섣불리 뒤돌지도 못하고 그대로 뒷걸음질 쳐 갈림길로 살짝 피해야 한다. 사람보다 책이 우선인 공간이 이곳 말고 또 있을까 싶다.

사람들을 피해 미로 속을 걷는 느낌으로 책을 둘러봤다. 이쪽저쪽 쉴 새 없이 고개를 움직이다 보면 어느새 마음에 드는 책을 손에 쥘 수 있다. 서점에서는 괜찮다 싶은 책을 별 고민 없이 손에 집어 들지만, 이상하게 헌책방에서는 내가 정말 좋아하는 작가, 내가 찾던 책을 찾아 꼼꼼히 확인하게 된다. 헐렁한 나조차 어느새 꼼꼼한 사람으로 만드는 매력을 지녔다.

한가네 서점은 지금 동문책방골목에 남아있는 헌책방 중 가장 오래된 곳이다. 1978년 처음 문을 열어 40년이 넘는 시간을 동문책방골목에서 보냈다. 한가네 서점 최웅제 대표는 책이 좋아 헌책방을 운영했다. 책을 읽으며 울고 웃던 날들을 잊을 수 없어 책과 함께 세월을 보낸 것이다.

헌책방의 대부분 수익은 교과서나 문제집 판매로 이루어진다. 책이 귀하던 시절, 웬만큼 돈 있는 집 아니고서 새 책을 사는 것은 꽤나 경제적 부담이 큰 일이었다. 새 학기가 되면 헌 교과서를 구입하려는 학생과 학부모로 거리가 가득 찼다. 그 시절은 책방거리와 거리를 지켜온 한가네 서점의 마지막 호시절이다.

"옛날에나 많았지 지금은 교육과정이 바뀌면서 이제 문제집이나 교과서 사러 오는 학생도 없어요. 그냥 여기서 한 평생을 보내고, 이제 나이도 먹었으니까 심심해서 그냥 놀러 나오는 거지."

인터뷰가 끝나갈 즈음 초등학생 아들을 둔 가족이 들어왔다. 최웅제 대표는 무엇을 찾느냐 물었고, 아이 아버지는 만화《메이플스토리》를 찾는다고 말했다. '여기에 있겠어?'라는 의문 섞인 말이 들려왔지만, 사장님은 원하던 책을 찾아주었다. 없을 것 같지만 있는, 있을지도 모르는, 보물 같은 책이 숨어 있는 책방이다.

눈을 감고 상상해 본다. 이곳을 지나는 사람들이 한 손에 책을 들고 이리 저리 움직이는 모습을. 그 상상이 맞든 틀리든, 이곳은 그랬으리라. 누군가에게 보물을 찾아주는 그런 공간이었을 테고, 지금도 여전히 그렇다. 름ㄹ

문화인류학자들의 가까운 책방

책방놀지

책과 함께 놀 궁리하는 공간

새하얀 건물로 들어선다. 내부 역시 하얗게 칠해져 있지만, 공간을 메우는 소품들은 색이 강렬하다. 각 대표가 연구, 여행을 위해 다녀온 세계 각국의 소품이 흰 공간에 색을 채운다. 낮은 계단을 오르니 책장이 벽면을 감싼 공간이 나온다. 책이 빼곡하진 않지만, 기획도서, 예술·철학, 아시아, 고고학, 사회과학 분야 등 책방놀지에서 엄선한 도서가 가지런히 놓여 있다. 이곳에는 다락방도 있다. 친구와 키득거리며 시시껄렁한 농담을 주고받으며 만화책을 읽던 기억이 새록새록 떠오른다. 이미 한 아이와 어머니가 다락방에 자리를 잡고 도란도란 이야기를 나누고 있다. 한창 진득하게 앉아 공간을 누린 듯싶다. 안쪽에는 조용하게 시간을 보낼 수 있는 독립적인 공간이 존재한다. 이곳은 원래 아시아문화연구소라는 이름으로 운영진들이 사용하던 공간이었지만, 더 많은 사람이 사용할 수 있도록 공간을 개방했다. 벽면에 걸린 사진은 출입문 쪽 공간과는 사뭇 다른 분위기를 자아낸다. 책방이라기보다는 카페나 스터디룸 같은 성격이 짙다.

책방놀지는 운영진들의 색을 온전히 반영한 공간이다. 책방놀지를 시작하고 운영하는 이들은 5명의 전북대학교 문화인류학과 출신이다. 공간을 둘러보다 보면 '역시나'하는 생각에 고개가 끄덕여진다. 문화인류학을 전공한 이들은 책과 사람이 한데 어울려 놀 궁리를 하기 위해 책방을 만들었다.

"친하게 지내던 사람들과 함께 우리만의 공간에서 어울릴 수 있었으면 했어요. 일종의 아지트 같은 공간을 만들고 싶었던 거죠. 그리고 우리 다섯 명 모두 책을 좋아하니까, 그 공간에 책을 집어넣은 거고요. 무엇보다 동네 주민들이 책과 가까워질 수 있었으면 하는 마음도 컸어요. 시내 중심보다는 소소하게 동네에서 주민들과 함께 책으로 어울렸으면 했어요. 책을 가까이 하고 친숙하게 접할 수 있는 공간이길 원했죠."

육수현 운영위원을 비롯한 다섯 명의 운영진은 그렇게 지난 2017년 6월 책방 놀지의 문을 열었다. 책방놀지는 지식이라는 뜻의 'Knowledge'와 한자 '知(알지)'를 합쳐 만든 이름이다. 다양한 통로로 책을 접하고 새로운 문화를 경험하는

공간이면서 동네 가까이에서 책을 만날 수 있는 책방이다.

책으로 피어나는 지식의 공유

책방놀지는 많은 사람에게 낭독회에 대한 추억으로 통한다. 처음 책방을 열며 2017년 12월 하기정 시인을 시작으로 꾸준히 낭독회를 진행해 왔다. 시인이 직접 자신의 시를 읽어주고 관객과 함께 시를 이야기한다. 그 과정에서 사람들은 문학에 그리고 책에 한 걸음

더 다가선다.

책방놀지에는 사회과학분야 서적을 많이 다루지만, 이외에도 문학서적, 특히 시집을 많이 취급한다. 아무래도 주민이 쉽게 관심을 갖고 흥미를 느낄 수 있는 분야이기 때문이다. 낭독회를 진행하는 것도 그러한 이유에서다.

"낭독회는 문예창작을 전공한 직원들이 기획하고 진행하는 프로그램이에요. 문학은 사람을 끌어당기는 매력이 있죠. 직원들은 문학을 통해 사람들과 상호작용할 수 있도록 낭독회를 기획했어요. 실제로 많은 분이 참여하고 좋아해 주셔서 꾸준히 이어올 수 있었죠."

이밖에도 듣고 싶은 음악을 신청해 함께 듣는 '밤의 음감회'와 '인문 클래스' 등 다양한 프로그램을 진행한다. 지난해부터는 꿈다락 토요문화학교 프로그램 지원을 받아 가드닝 프로그램 '어반정글'을 진행하고 있다. 어반정글은 가드닝 교육과 실천을 통해 청소년의 자기 주도성을 일깨워주고, 마을 바꿔나가는 과정을 체험하는 프로그램이다.

지난해 12월 책방놀지의 이름으로 펴낸 첫 번째 책이 나오기도 했다. 《한방과 의료 그 사이》라는 책으로, '신자유주의'라는 틀 속에서 한의학이 어떻게 '주변화' 과정을 거쳐 우리 의학계와 의학 소비자 앞에 어떤 모습으로 서 있는지를 의

사, 문화인류학 박사의 시선으로 풀어냈다.

책방놀지 다섯 명의 운영진은 각각의 관심분야를 활용해 책방놀지의 활동을 조금 더 풍성하게 그려내고 있다. 다양한 활동과 창구를 통해 많은 사람이 책방놀지로 모이고, 서로 다른 시선으로 이야기를 만들어낸다. 책방놀지가 추구하는 것 또한 이곳이 지식공유 플랫폼이 되길 바라는 것이다. 책방이지만 많은 이야기가 피어날 수 있는 문화공간이길 바란다.

"문학을 다루고, 관련 낭독회를 활발히 진행하고 있지만, 이 활동이 전부이진 않아요. 다양하고 많은 활동을 통해 사람들이 서로서로 지식을 공유하고, 이야기를 통해 공간이 가득 찼으면 좋겠어요. 계획하고 있는 프로그램 중에 문화다양성 교육 커리큘럼도 진행해 볼까 고민하고 있어요. 아무래도 저희가 문화인류학을 전공한 사람들이다 보니, 혐오사회나 소수자에 대한 고민을 가지고 있어요. 프로그램 운영을 통해 그런 것들에 대해서도 이야기를 나눠보고 싶어요."

육수현 운영위원은 책방놀지의 올해 가장 큰 목표가 있다면 사람들이 책을 더욱 가까이 할 수 있도록 하는 것이라고 덧붙였다. 낭독회나 인문학 클래스, 가드닝 프로그램 등 책방놀지가 벌이는 프로그램이 성과를 내고 있지만, 정작 사람들이 책을 읽게 하는 것은 여전히 어려운 숙제이다.

"책방놀지를 시작한 것도 사람들이 책과 친해질 수 있도록 하기 위해서였지만, 여전히 잘 안되고 있는 것 같아요. 그래서 올해는 사람들이 책을 읽도록, 그리고 책을 구매할 수 있도록 하는 것에 주력하고 싶어요. 그러기 위해서는 저희 역시 좋은 프로그램으로 보답해야겠죠. 다양한 프로그램을 기획해 보고 방법을 모색하려고요. 이곳 책방놀지가 사람과 책이 함께 어울리는 공간이 되길 바라요." 한리

단단하게 잘 영글어 가고 있습니다

잘 익은 언어들

이지선(잘 익는 언어들 대표)

당신의 마음에 위로를 덧댑니다

"설익은 섣부른 언어들은 누군가에게 상처가 되기도 하지만 성숙하고 싶은 생각에서 나오는 언어들은 누군가를 위로하고, 다시 일어서게 하는 힘이 있습니다. '잘 익은 언어들'은 그 위대한 언어들의 힘을 알기에 한 문장, 한 문장 잘 익은 글들을 당신께 전하고자 합니다."

광주 덕진구 송천동에 문을 연 잘 익은 언어들은 공감책방이라는 수식을 달았다. 책방 통유리에는 이지선 대표가 고심해 적은 글이 붙어 있다.

이기주 작가의 《언어의 온도》를 읽고 떠오른 단어의 조합은 책방의 이름이 되었다. 설익은 과일을 먹어 탈이 나듯, 아직 여물지 않은 단어는 누군가에 상처를 입힌다. 이지선 대표가 천천히 곱씹으며 지은 이름처럼 책방 잘 익은 언어들은 마음의 탈이 나지 않도록 잘 숙성된 문장들을 차곡차곡 쌓는다. 쌓인 문장은 이 대표의 마음이 달큰하게 배어 좋은 위로가 되고, 누군가의 마음 한구석을 메운다.

광고계에서 카피라이터로 긴 시간 일해 잔뼈가 굵은 이 대표는 2013년 여름, 서울을 떠나 고향인 전주로 내려왔다. 아토피로 고통 받는 둘째 아이를 조금이라도 깨끗하고 좋은 환경에서 키우고 싶다는 생각에 이사를 결정했다. 카피라이터

로 왕성히 활동하던 이 대표에게는 쉽지 않은 결정이었지만, 고향에서 조금 더 의미 있는 일을 해보고 싶다는 생각도 한몫했기에 서울을 떠날 수 있었다. 그리고 전주 생활 5년 만인 2017년 10월에 책방을 열었다. 책방을 운영하고 싶다는 오랜 꿈을 이룬 순간이다. 그토록 오랫동안 꿈만 꾸던 이 대표가 책방을 열게 된 건, 순전히 '우리 동네에도 책방이 있으면 좋으련만' 하는 생각에서였다.

"첫째 아이 책을 좋아하는데, 어느 날 논술학원을 가야겠다고 하더라고요. 그래서 논술학원을 보내기 시작했는데, 수업 내용이 조금 부실하다는 생각이 들더라고요. 저도 할 수 있을 것 같았죠(웃음). 그래서 '엄마가 직접 해줄게!' 하고는 첫째 아이와 친구들 몇몇을 모아 놓고 책을 가지고 수업했어요. 그때 수업이 재밌었는지 참여하는 아이들이 점점 많아지더라고요. 그걸 계기로 책방 운영의 꿈에 힘을 실을 수 있었어요. 책방을 운영하면서 책을 멀리하는 아이들을 이끌 수 있는 일을 해보기로 한 거죠."

송천동 小小만물책방, 이곳으로 오세요

"제게 울림을 준 책을 다른 이에게도 소개해 함께 책을 읽고 마음의 울림을 받았으면 좋겠어요."

잘 익은 언어들에는 그림책, 사회 법률, 인문학, 환경, 문학, 에세이, 여행서 등 다양한 장르의 서적이 진열되어 너도나도 존재를 드러낸다. 많은 책이 있는 이유도 혹시 누군가에게 필요하지 않을까, 해서다. 이것저것 다 있어서 오히려 색 뚜렷하다. 어느 한 노선을 정하지 않더라도, 그저 내가 위로 받은 책, 내가 도움 받은 책을 사람들에게 소개하고, 필요로 하는 모든 이에게 제공할 수 있도록 다양한 장르를 취급한다. 그야말로 만물책방이다. 없는 것 빼고 다 있는 서점, 잘 익은 언어들에서 당신이 찾던 책을 찾을 수 있을지도 모른다.

이 대표는 3·1운동 100주년을 맞이해 3월부터 테마서가를 꾸미기 시작했다. 독립운동과 관련한 서적이 놓여있다. 이 대표는 "생각보다 사람들이 많이 구매

하지 않는다"며, "1년 내내 3·1운동 100주년 테마서가로 운영해야겠다" 말하고는 천진하게 웃어 보인다.

좋아하고 꿈꿔 온 일을 시작했지만, 책을 팔아 책방을 운영하는 일은 쉽지 않았다. 몇몇 사람은 이 대표를 책방 운영을 하는 고상한 취미를 가진 건물주라며 오해의 시선으로 바라보기도 했다.

책방은 그저 하고 싶어서 시작한 일이다. 책방을 운영하기 위해 공간 한쪽에 마련한 작업실에서 이 대표는 여전히 카피를 뽑는다.

돈도 되지 않는 일을 왜 하냐는 걱정을 내비치는 지인도 많다. 하지만 좋아하는 일을 하는 것에는 대부분 이유가 없다. 군이 이유를 찾자면 그저 좋아서이다. 어릴 때부터 책을 좋아하고 책과 함께 하는 삶을 살아온 그녀이기에, 다른 이들도 책을 통해 좋은 영향을 받았으면 했다. 이 대표는 지금도 책이 주변 곳곳에 영향을 끼칠 수 있도록 다양한 프로그램을 기획하고 있다.

"요즘에는 15분 프로젝트를 진행하고 있어요. 이 주변에는 학교도 있고, 학원도 많아요. 하교 후 지나가는 아이들을 책방으로 초대해요. 제가 하는 일은 그저 책을 읽어 주는 것뿐이에요. 다 읽고 난 후에는 아이들에게 가도 좋다고 말하죠. 그럼 아이들은 바로 책방을 나가지 않고 머물며 책을 구경하거나 이야기를 나눠요. 읽어 준 책 이야기를 하기도 하고, 학교, 친구 이야기를 하기도 하죠. 가만

히 듣고 있다가 저도 대화에 참여하기도 해요. 그냥 이런 소소한 것들이 즐거워요. 좀 더 많은, 그리고 다양한 사람들이 책과 스스럼없이 지내고, 좋은 영향력을 받길 원해요. 그 일을 잘 익은 언어들이 한다면 더 없이 좋고요."

통유리로 안과 밖이 훤히 들여다보이는 책방은 꾸밈이 없다. 누구보다도 방문객을 반기는 것 같다. 오가는 사람들은 힐끗 책방을 구경하기도 하고, 발길을 멈추고 잘 익은 언어들의 세계로 들어서

기도 한다. 그때마다 이 대표는 환하게 웃으며 사람들을 반긴다. 하교 시간이면 학원으로 향하는 아이들 웃음소리에 이 대표는 괜스레 문을 열어두고 밖으로 나간다. 지나가는 아이들에게 '얘들아 안녕!' 반갑게 인사를 건네며 스스럼없이 대한다. 오늘도 역시나 잘 익은 언어들의 문은 활짝 열려있다. 르흥

도끼, 날카로운 금속 성(聲)을 어루만지는
온통 식물성의 공간

카프카

인문토크쇼 〈별미책방〉의 배경, 카프카

"책은 우리 안에 얼어붙은 바다를 깨는 도끼여야 한다".

서점 카프카 계단을 오르면서 자연 되뇌이는 글귀다. 들머리에 붙여놓은 젊은 카프카의 윤곽그림과 놓여있기 때문이다. 카프카가 스무 살 무렵 그의 친구 오스카 폴라크에게 보낸 편지의 구절이다. 스무 살의 카프카가 깃든 그곳과 인연은 티브이 프로그램 녹화 공간으로다. KBS전주총국에서 야심차게 진행했던 〈별미책방〉이라는 프로그램의 녹화장소로. 별미책방은 음식이야기가 담긴 책을 놓고 책이야기며 음식이야기를 나누고 음식을 지어 나누어먹는 인문토크쇼였다. 그 배경으로 서점 카프카는 별스런 공간이었다. 책을 둘러싸고 있는 나이 들거나 젊거나 한 나무 공예품 투성이다. 오래된 책걸상부터 선반, 책을 가두는 서가며 삐이걱삐걱 거리는 오래된 나무 바닥이 그렇다. 온통 식물성 공간이다.

여럿이서 조용조용 글탑 쌓아올리는 카프카의 하루

일요일 오전, 책방에 시간을 옮긴 모임이 있다는 것을 무릅쓰고 공간 스케치 정도로 양해를 구하고 찾았다. 전주시내는 한가하다. 전라감영 복원, 새로이 옛 위

엄을 찾아가는 거리는 아주 잠깐 어수선하고 있었다. 카프카는 표구점 2층이다. 무언가를 나무틀에 가두는 일상의 일이 벌어지는 곳, 너머에 사는 카프카에는 조용조용 모임이 한창이다. 목침만치 두꺼운 빨강이다.《서양철학사》, 이 책을 읽는 사람들을 향한 나지막한 목소리를 엿들었다.

"너무나 유명한 책이지만 읽기 쉽지 않아요. 하지만 꼭 한번쯤은 읽고 싶은 책이에요",로 시작하는 카프카 두 번째 새 모임 공지글. "아주 조금씩 꼼꼼하게 일 년 동안 같이 읽을 분을 모집한다"는 절절한 호소다. 모임 참가비는 '오셔서 드

시는 찻값'이라니. 예남은 사람들이 한가로운 일요일 오전을 '혼자서' 도저히 읽기가 쉽지 않은 책을 읽어가는 책동무로 만났다. 서점 카프카의 하루를 이렇게 여럿이서 싸목싸목 쌓아올리고 있다.

관계의 굳은 살을 녹여 따뜻한 바람을 일으키는 사람들 틈에서

스스로 안으로부터 얼어붙은 얼음을 녹이는 한칸한칸을 읽어 따뜻한 바람을 일으키는 사람들을 만나려거든, 서점 카프카에 가시라. 고단한 삶에서 위며 아래, 옆으로 이어지는 힘겨운 관계에서 얼어, 굳은 살을 녹이려거든 그 사람들 사이에 앉으시라. 책 한 권의 힘이다. 한 줄 글의 힘이다.

전라_전주

산 아래 고즈넉한
한옥 서점

소양고택 플리커

전주에서 차로 30분 거리에 있는 전북 완주군 소양면 오성한옥마을, 산 아래 자리한 소양고택. 소박한 시골길을 따라 가다보면 종남산에 둘러싸인 고즈넉한 풍경을 마주할 수 있다. 따사로운 햇빛을 가득 머금은 고택을 바라보며 숨을 탁, 하고 뱉어낸다. 조급하던 마음이 한없이 가볍고 넓어진다.

소양고택은 우리 문화유산을 지키고 가꾸기 위해 2010년 여름, 고창과 무안에 있던 130년 된 고택 세 채를 해체해 소양면에 이축했다. 한옥체험이 가능한 한옥스테이와 두베카페, 플리커 서점 등 복합문화서비스 공간으로 재탄생했다. 소양고택을 품은 넉넉한 자연과 한옥의 아름다움은 많은 사람을 끌어 모은다.

소양고택의 브랜드 중 하나인 플리커 서점은 지난해 5월, 처음 시작됐다. 이문희 대표는 처음 소양고택 운영을 시작할 때부터 이곳을 많은 이와 공유하고, 다양한 것을 경험할 수 있길 바랐다. 항상 그런 마음을 가지고 있었기에 한옥서점 플리커도 선뜻 시작할 수 있었다.

플리커 서점은 자체 북큐레이션을 통해 테마가 있는 북스토어다. 내부는 많은 인원이 수용 가능할 정도로 넓다. 플리커 서점에서도 카페를 겸하고 있어, 사람들은 자유롭게 음료를 마시며 풍경을 바라보거나, 책을 읽는다. 플리커 서점의

뒤편으로 나오면 조용히 독서를 즐길 수 있는 독립된 공간이 나온다. 이곳은 옥상에도 올라갈 수 있다. 햇살 좋은 날이면 옥상에 배치된 선베드에 누워 여유를 만끽하기에도 좋다.

종수가 다양하진 않지만, 이 대표가 엄선한 책들로 공간을 채웠다. 플리커 서점은 작가와의 북토크, 원데이클래스, 플리마켓 등 다양한 문화행사를 진행한다. 자가용이 없으면 찾아오기 쉽지 않은 곳에 있음에도 많은 사람이 북토크에 참석하기 위해 이곳을 찾는다. 밤공기가 가라앉은 시간에도 두런두런 이야기를 나누며, 서로서로 비슷한 색을 공유한다.

이 대표는 소양고택의 카페 이름을 두베라 지었다, 플리커 서점 역시 '플리커 서점 두베점'이다. 두베(Duhbe). 북두칠성 일곱 개의 별 중 가장 밝게 빛나는 첫 번째 별의 영어 이름이다. 고양고택에서 밤하늘을 바라보았을 때 가장 밝게 빛나는 별처럼, 이곳을 방문하는 이들에게 밝은 빛 하나 내어 주는 공간, 소양고택 플리커 서점이다.

당신의 마음에 햇살이 일렁거리기를

오늘 하루, 그대를
온전한 읽기 공간으로 초대합니다

책마을해리

물 감옥에 갇혀 작은 물 알갱이가 되어 버린 듯, 무진시대

비가 장마 저리가라 깊이 스미는 며칠이었어요. 바다 가까운 책마을해리는 사람의 일보다 하늘의 일, 바다의 일이 훨씬 더 가까워요. 일기예보보다 마을 어르신들이 오랜 경험으로 오감에 닿는 정보를 해석하는 것이 더 정확해요. 모내기를 앞두고 논에 물을 가두어 책마을 주변이 모두 물의 무대로 바뀌는 요즘은 더 그래요. 바다 안개와 무논의 안개가 피어 순간 세상을 무진으로 바꾸어놓기도 해요. 해무로부터 물을 가둔 들의, 숲의 안개에 휩싸인 아침이며 늦은 오후 풍경을 마주하면 꼭 물 감옥에 갇혀 나도 아주 작은 물 알갱이가 되어 버린 듯 착각이 들 정도예요.

글 감옥에서 책 감옥까지, 갇힌 공간에서 생각의 타래를 잇는

감옥이야기예요. 안개에 휩싸여 길을 걸으며 한발 앞을 가늠하지 못하는 막막한 처지, 마치 안개 감옥에 갇힌 듯 옴쭉 못하는 경험을 가끔하곤 해요. 계절이 바뀌는 때면 여지없이요. 이렇게 모내기를 앞두고 논에 물을 찰랑 채우기 시작하면 더욱더 그래요.

감옥에 갇힌 듯. 하고 말하면 우리 신체와 정신을 구속하는 공간과 시간을 떠올리기 마련이에요. 죄를 짓거나, 물론 이때의 죄란 사회 통념에서의 죄를 말하는 것인데, 이 죄의 댓가로 지는 형벌, 그 형벌에 따르는 인신의 구속을 말하는 것이겠죠. 세상과 격리하는 공간, 감옥. 책마을해리에는 작은 감옥이 있어요. 책감옥이라고 이름을 붙였어요.

난데없는 책감옥은 꼭 난데없지는 않아요. 그 난 데란, 조정래 선생의 '글 감옥'이라는 표현에서예요. 책마을 친구들이 사는 김제청소년수련원(여성가족부 소속)과 친구 맺기 협약을 하러 몇 번 오고 가던 길이었어요. 그 수련원 곁에 조정래 선생을 살피게 하는 아리랑문학관이 있어요. 소설 〈아리랑〉의 배경에, 그 고단한 이야기의 터전 위에 소소한 풍경으로 꾸민 작은 문학관이에요. 그 문학관 한 켠에 '글 감옥으로부터 가출옥'이라는 작은 공간이 있어요.

〈태백산맥〉으로부터 〈아리랑〉, 〈한강〉으로 이어지는 대하소설의 글 감옥에서 살은 십 수 년에서 잠깐 벗어나는 것을 그렇게 표현한 것이었어요. 글 감옥은 선생의 자전에세이 《황홀한 글감옥(2009)》으로 확인할 수 있어요. '조정래 작가생활 사십년 자전에세이'라는 부제처럼, 젊은이들이 선생의 글 감옥 수감생활에 대한 '각종' 궁금을 묻고 대답하는 형식이에요.

선생의 글 감옥 이야기를 풀어놓은 김제 아리랑문학관을 다녀와서 생각해보았어요. 여기는 책마을이니, 책 감옥이 어울리겠다는 것이었죠. 거기에 우리 식 풀이를 붙였어요. 감옥이라는 닫히고 억압하는 공간, 몸과 마음, 생각을 가두어 옴쭉 못하게 하는 공간과 시간이 책과 만나는 것이에요. 그런데 책이라니, 책은 무릇 누군가 책을 지은이가 새로운 시간과 공간으로 열어놓은 문(혹은 창문)이니까요. 한 권 한 권 누군가를 통해 열린 책 세상, 그리고 감옥. 전혀 다른 문법이 만나 새로운 맥락을 갖게 해보자는 생각이 들었어요.

책을 다 읽기 전에는 풀려나지 않는 행복한 이야기 사슬

마침 책마을해리에는 교실들이 이어지다가 식당조리실에 닿고 그 너머 작은 창고 건물이 외로 있었어요. 처음 열어보았을 때, 켜켜이 먼지를 뒤집어쓰고 팔뚝만한 윷놀이 윷이며 운동회에 쓰던 깃발과 깃발꽂이, 삭아서 부스러지던 훌라후프며 계주용 바통이 흰색, 하얀색이 제 빛을 잃고 뒹굴고 있었어요. 예닐곱 어른이 앉으면 꽉 들어차는 작은 공간이 감옥으로는 안성맞춤이었죠.

지난 학교 부스러기들을 조심조심 들어내고 비에 무사한 교실 한 칸에서 오려낸 나왕 나무 바닥을 몇 개 이어 바닥에 대고, 쓰다 남은 비닐 장판을 깔아 앉을 자리를 마련했어요. 그 바닥에 어울리는 개다리소반을 펴놓고 그림책 몇 권, 그냥 책 몇 권 올려두었어요. 그 책 가운데 하나가 신영복 선생이 쓴《감옥으로부터 사색》이었죠. 그리고 그 문 밖에 이렇게 써 붙였어요. 〈책감옥〉.

봄빛이 저물며 여름기색으로 차오르던 때, 출판캠프에 찾아든 어린 친구들에게 그 옹색한 공간이 위력을 발휘했어요. "감옥이라는데, 책을 읽을 수 있대."

몰려드는 꼬마 수감자들에게 선언했어요. '감옥이기 때문에, 책을 갖고 들어가서 다 읽을 때까지는 나오지 못함', 그러거나 말거나 자발적 수감자들로 책감옥은 인산인해.

장마가 이어지고 잠시 아이들의 발걸음이 뜸해진 사이였어요. 책마을해리와 인연있던 박정섭 그림책 작가가 장마를 무릅쓰고 책마을을 찾았어요. 그도 책감옥에 갇혀 이틀에 걸쳐 그의 그림책《도둑을 잡아라》의 도둑 캐릭터로 감옥 안을 산뜻하게 꾸며주었어요.

책감옥에서 대하소설 첫권떼기, 도전해보세요

지금 책감옥은 새 나무로 바닥을 짜 올려 습한 기운을 잡았어요. 감옥 문도 나무

로 새로 짜서 사식을 넣는 식구통을 달아, 한결 감옥같은 느낌을 주었어요. 지난 해 책영화제에서 선보인 〈대하소설 첫 권 떼기〉 행사부터는 감옥 안 한 켠에 대하 소설을 나무서가에 차곡 챙겨두었어요. 긴 호흡 이야기에 익숙하지 않은 친구들 에게 장편 대하소설 맛을 좀 보게 하고 싶었거든요. 책마을해리(책감옥에서면 더욱 좋은) 어디에선가 대하소설 첫 권을 읽고 생활로 돌아가서 언제든 그 대하소설을 다 읽으면 책마을에서 준비한 각종 선물(책마을해리굿즈)을 드리겠노라는 행사는, 여전히 진행중이에요.

온전히 책과 만나는 시간과 공간, 마음 속 책감옥

책감옥 이야기를 길게길게 해드렸어요. 우리가 책을 만나는 전통적인 방식을 공간으로 확장해본 것이에요. 요즘은 함께읽기를 통해 다시 소리로 책을 소비하는 흐름이 생겼지만, 오랫동안 우리는 내면의 소리로 책을 읽어왔어요. 우리 온 감각으로 책과 만나지 않으면 책은 우리에게 단 한 줄도 뜻을 내어주지 않기 때문이에요.

책감옥 이야기를 굳이 꺼내든 것은, 우리도 다시 그렇게 온전히 책과 만나는 시간을 가져보자는 뜻에서예요. 휴대전화에서, 카톡카톡 울리는 전자음에서 벗어나 오로지 책과 만나는 장소와 시간. 그곳이 어디든, 저마다 자기 내면과 만나는 황홀한 책감옥이겠지요. 그래도 그래도 책마을해리에 오시거든, 내 삶에서 꼭 읽겠다는 책 한권 챙겨서 책감옥에 스스로 갇혀보세요. 읽기 진도가 잘 나가신다면, 혹은 한줄너머 두줄, 책이야기며 살아낸 이야기를 옮겨주신다면, 밥은 물론, 맥주도 한 캔 챙겨 드리오리니. (이글은 마침 2018년 5월 전라도닷컴에 실렸던 글을 옮긴 것이에요) 🔳

여기는 책과 문학이 흐르는
북하우스역입니다

도시철도 북하우스

부산에는 이색적인 독서공간이 있다. 시민 누구나 이용하는 대중교통수단인 도시철도(지하철)역사 내에 위치한 13평 내외의 아담한 북하우스가 그곳이다.

하루에 80~90만 명이 이용하는 도시철도 역사에 부산 출판사와 문인 책뿐만 아니라 전국의 신간 도서를 가까이서 볼 수 있도록 약 1,500여 권의 도서가 독자를 기다리고 있다.

처음, 부산의 롯데백화점이 기업의 사회 환원 차원에서 부산문화재단과 함께 시작하여 부산광역시와 부산교통공사의 적극적인 장소 협조로 책 읽는 문화공간 조성과 시민독서운동에 즐거운 만남이 성사되었다.

부산 시청역과 연산역에 시작의 싹을 틔우고, 이어서 수정역(2호선), 온천장역(1호선), 중앙역(1호선)에 연이어 오픈을 하여 현재 5개 북하우스가 운영 중이다. 예전에도 〈지하철 문고〉라고 해서 책을 읽고 공유하는 사업을 하였으나 잦은 책 분실로 인해 오래가지 못했다.

도시철도 이용객과 인근 회사원, 마을 주민들이 자주 찾는 북하우스는 점점 독자의 사랑 속에 소중한 독서공간으로 자리를 잡아 다양한 문화행사를 진행하고 있다.

　도시철도에서 만나는 즐거운 북하우스에는 시설운영과 도서구입, 행사 진행, 이용객 서비스를 담당하는 센터장이 상주하며 시민독서운동에 도움을 주고 있으며 북하우스네트워크를 통해 다양한 정보도 공유하는 의미 있는 독서공간으로 발전해 가고 있다.

시청역 · 연산역 · 수정역 · 온천강역 · 중앙역 5색 북하우스

　시내 지역별 도시철도북하우스는 나름의 특색으로 운영되고 있다.

　부산시청 입구에 위치한 시청역 북하우스는 전국 문인의 유명 저서 및 우수도서 비치와 시민 요청 도서로 꾸며져 관련 공무원과 관련 기관의 종사자가 이용하고 있다.

　연산역 북하우스는 환승역이라 공간은 작지만 짧은 시간 동안 이용하는 이용객에 맞추어 일반도서(계발서, 베스트셀러, 실용서)를 주로 비치하고 있다. 연말에는

북하우스 네트워크 재고 도서와 기증도서를 이용 시민과 함께 나누는 도서나눔 행사도 진행하였다.

원도심에 위치하는 중앙역 북하우스는 직장인을 위한 작은 북콘서트(점심시간 이용)와 저녁 퇴근길에 만나는 짧은 강의를 준비하여 독서문화 활성화에 중점을 두고 있다.

낙동강변과 대단지 아파트 지역에 위치한 수정역 북하우스(나무 그늘 아래서)는 조금 넓은 공간을 이용하여 부산의 문인·책 초청행사를 진행하고 있으며 아파트 및 인근 인문학 독서 모임의 장소로도 이용하며 작은 음악회를 열고 있다. 단지 내에도 자치도서관이 있으나 이용이 불편하다며 북하우스를 편리하게 이용하며 독서삼매경중이다.

많은 이용객이 모이는 북하우스 온천장역(시가 있는 풍경)은 매달 시낭송 및 저자강연회(사인회) 등 문학행사를 개최하여 고정 독서회원이 형성되고 있다. 특히 인근 주민과 온천천 산책길에 나온 분들이 조용히 책을 보면서 북콘서트에 빠짐없이 참석해 저자사인이 담긴 책을 선물로 받는 행운을 얻기도 한다며 즐거워한다.

이렇게 부산의 도시철도역사에서 이루어지는 조그마한 독서공간에는 연간 5만여 명이 이용하며, 시민들의 독서능력 향상과 문화행사에 도움을 주고 있다.

지금까지 많은 문인이 도움을 주셨다. 안도현, 김용택, 정호승, 고형력, 박태일, 손택수, 박덕규, 문정희, 김이듬, 이동순, 권정일, 정안나, 전동균, 김참, 한보경, 김종미, 조말선, 강영환 시인과 김원일, 박범신, 배유안, 고금란, 강동수 여러 작가들이 북하우스에서 독자와의 만남을 가졌다.

부산 사상구에 대표적인 부산도서관이 곧 개장할 예정이다. 인구에 비해 턱없이 모자란 게 도서관이다. 동네도서관을 꿈꾸는 것은 어제 오늘의 일이 아니다. 더 많은 독서공간이 생겨나길 바란다. 그런 면에서 출퇴근길이나 도시철도를 이용하는 김에 페이지의 여유를 느끼는 도시철도 북하우스는 가까이 하기에 너무도 좋은 공간이다.

북하우스네트워크를 통해 이달의 책 선정 소개, 신간 및 시민 요청도서 비치, 독서동아리 결성 및 공간 제공, 문인 초청 강연 및 사인회, 문학나눔콘서트, 도서 나눔 행사 등 독서회원제를 실시하여 이러한 다양한 프로그램을 함께 나누고 있다.

누구나 쉽게 편리하게 가까이에서 책을 볼 수 있다는 북하우스는 언제나 여러분의 눈길을 기다리고 있다.

지하철 역사가 훨씬 앞서는 유럽이나 선진국에서도 지하철 역사 내 이러한 공간은 없다고 한다. 어느 날 신문에 도시철도북하우스에 대한 칼럼을 본 내용이다. 세계 어디에도 없는, 부산만의 자랑인 〈도시철도 북하우스〉가 계속해서 시민들이 함께 하는 공간으로 나아가길 바란다. 그래야 부산의 독서가 살고 출판이 살고 문화가 산다. 그런 곳에서 정말 오래 살고 싶다.

출퇴근길과 북하우스를 운영하면서 만난 풍경을 담은 졸시

지하철의 힘

꺼진 전광판의 피로회복제 걷어내고 돌아서는 곡선역의 퇴근이 발길에 엉켜 등짝을 내민다 신문에 펼쳐놓은 주식시세표에 눈금을 넣고 핸드폰으로 지상의 상한가 문자로 날리고 피박에 쓰리고를 외치는 하루를 싣고 오늘이 달린다 스윽스윽 발자국에 밀리는 동영상에는 이라크 폭탄테러로 수십 명이 죽었다는 것에 슬퍼 할 전쟁도 잊고 서 있다 빈자리에 잽싸게 몸을 날리는 어둠이 앞좌석에서 졸고 있다 손 조심을 미련 없이 개찰구에 집어넣고 몸값을 지불한 그림자가 CCTV 냉동실에 보관중이다 지하 계단 광고판에는 하루를 갈아탈 곳으로 다가오는 낮빛을 분양중이다 벽속 시화그림에서 피로를 풀고 있는 부처의 말씀을 합장으로 만난 걸음이 1호선으로 직행한다 곧 노뽀동행 열차가 발길에 입맞춤을 한다는 꾀꼬리 같은 일본식의 성에 낀 방송에 열차가 내게로 다가와 속삭인다 '아빠, 힘내세요 우리가 여기 있잖아요' 지하철이 쿵쿵 부르고 있다

- 시집《오늘이 달린다》(모악) 중에서 **류2**

책과 함께하는
문화가 꽃핀다

산지니X공간

"산지니X공간은 산지니출판사에서 시도하는 협업 프로젝트입니다. 지역 출판의 의의, 한계, 현실, 가능성 등을 지역출판인, 독자, 책을 사랑하는 모든 이들과 함께 모색하고자 작은 공간을 마련했습니다. 〈책 제목 키워드로 보는 부산지역 출판의 역사〉 전시를 시작으로 다양한 지역출판사들과 전시, 강연, 홍보, 체험 프로그램과 독서공간 등을 운영할 계획입니다. 소통과 연대와 변화를 통해 지역출판의 지속가능성을 추구하고자 문을 여는 산지니X공간 개관식에 참석하셔서 격려와 말씀 부탁드립니다."

작년 7월에 산지니X공간을 오픈하면서 돌린 초대장 문구이다. 이후 2018년 7월 24일에 열린 개관식에는 많은 분들이 참석하셔서 공간 오픈을 축하해주셨다. 그러면서 이 "X"를 두고 어떻게 읽어야 하느냐고 말들이 많았다. 산지니 곱하기 공간? 산지니 X 공간? 사실 우리는 콜라보(collaboration)를 염두에 두고 쓴 기호이지만 읽는 사람 마음대로다. 곱하기공간인들, X공간인들, 콜라보공간인들 뭐

어쩌랴. 사람과 공간이 만나고, 독자와 책이 만나고, 출판사와 작가가 만나고, 독자와 작가가 만나고, 이렇게 여러 만남들이 크로스로 이루어지면서 책과 함께하는 문화가 이 공간에 꽃 필 수만 있다면 우리가 공간을 만든 목적은 충분히 달성이 되는 셈이다.

출판사+무엇

산지니X공간은 센텀시티라는, 부산에서 가장 핫(?)하다는 지역에 위치해 있다. 센텀시티라는 명칭은 부산시가 공모를 통해 결정하였는데, 라틴어로 숫자 100을 뜻하는 'Centum'을 사용하여 '100% 완벽한 첨단 미래도시'를 의미한단다. 이곳에는 동양 최대 규모라는 신세계백화점, 해마다 가을이면 부산을 뜨겁게 달구는 부산국제영화제의 영화의전당, KNN방송국 등 고층건물이 즐비하고, 1,600여개의 지식기반 산업체들이 입주해 있다. 산지니X공간은 수경강변이 내려다

보이는 42층 건물의 7층에 있는데, 바라다보는 풍경이 예뻐서 좋아하는 분도 계시지만 다소 의아하게 생각하시는 분들도 있는 것 같다. 어떤 나이 지긋한 분이 방문하셔서는 "출판사가 이렇게 좋은 데 있어도 되느냐(?)"고 항의성 멘트까지 했다면 말 다했다. 출판사는 언제나 인쇄 뒷골목 허름한 곳에 있기라도 해야 한단 말인가? 고정관념을 벗어나는 일은 쉽지 않다. 반면, 신세대들은 공간에 대한 거부감이 없다. 며칠 전에도 같은 건물의 젊은 친구들이 점심시간을 이용해 들러서는, 사진 찍고 가도 되

느냐고, 창가에 있는 〈풍경-독서의자〉에 앉아 이런저런 폼 다 잡고 갔다. 개관식 때 축사를 해주신 조갑상 소설가의 말마따나 "새로운 시대에 새로운 공간"이 상징하는 바가 있을 것이다.

산지니X공간에는 작은 공간이지만 다양한 코너를 마련해두었다. 커피, 차와 함께 책메뉴판을 제공하는 〈책 식탁〉, 구석진 곳에 숨어 나만의 시간을 보낼 수 있는 〈베란다 독서공간〉, 수영강을 바라보며 복잡한 머릿속을 비우고 여유를 누릴 수 있는 〈풍경-독서의자〉가 있고, 책을 만드는 데 누구보다도 공을 들이는 〈편집자의 책상〉이 있어 편집자의 마음으로 원고를 들춰볼 수 있다. 책에 관련된 체험을 하고 싶은 사람이라면 누구라도 환영하는데, 부산시교육청의 체험학습처로 등록하여 자유학기제를 시행하고 있는 중학생들에게도 문을 넓히고자 하였다.

공간 오픈 이후 두 가지 주제를 가지고 전시회를 하였다. 먼저 〈책 제목 키워드로 보는 부산지역 출판의 작은 역사〉는 부산의 지역출판이 태동하기 시작했던 1960년대부터 문학 전문 출판사의 등장과 지역출판의 발전기를 보여주는

1980~1990년대를 거쳐 지역출판의 전환과 새로운 단계로의 도약을 꿈꾸는 2000년대까지, 연도별 지역출판의 역사를 짚어보았다. 지금 산지니가 부산에서 출판활동을 할 수 있었던 것은 수많은 지역출판인들의 역사가 그 바탕이 되었음을 인식할 수 있었다. 또, 수원 행궁동 일대에서 열린 제2회 한국지역도서전에서 천인독자상을 받은《들꽃, 공단에 피다》,《청사포에 해녀가 산다》,《정약용, 길을 걷다》, 독자서평 대상이었던《동네 헌책방에서 이반 일리치를 읽다》등을 소개 전시하고, 한지연 회원사 책들을 두루 전시하여 부산의 독자들에게 소개하는 자리를 마련하였다.

책과 함께 언제나, 누구나

산지니X공간은 달마다 책의 저자와 독자가 만나는 시간을 기획하여 진행하고 있고, 이런 행사는 누구에게나 열려 있다. 독서모임을 원하는 사람들에게는 공간을 대여하고, 책과 함께 여유로운 시간을 보내고 싶은 사람은 누구나 자유롭게 앉아 있다 갈 수 있다. 하지만 아직은 많이 알려지지 않은 탓인지 이용객이 많지 않다. 빌딩숲에 이런 공간이? 하고 낯설게 여겨질 수도 있을 것이다. 다양한 공간과 다양한 책이 다양한 독자들에게 다가가는 것, 이는 산지니X공간에 주어진 앞으로의 숙제인 듯하다.

산지니X공간이 권하는 책

《파리의 독립운동가 서영해》(정상천 지음, 산지니 펴냄)
서영해는 잊혀진 독립운동가이다. 부산 초량의 부잣집에서 태어난 그는 3·1운동에 연루되어 상해로 가 임정의 막내로 있다가 파리 유학 후 파리에서 세계를 무대로 한국의 독립을 위한 외교전을 펼쳤다. "미국에 이승만이 있다면 유럽에는 서영해가 있다"고 할 정도로 임시정부의 공식적인 양대 외교 축이었지만 광복 후 이승만과 길을 달리하면서 철저하게 잊혀진 사람이 되었다. 이 책은 3·1운동과 임시

정부 100주년을 기념하여 산지니가 기획한 도서로, 정상천 저자는 국내에 부족한 서영해의 자료를 발로 뛰어 직접 발굴했고 책에는 서영해가 쓴 유고 글과 프랑스 현지 언론에 기고한 글, 인터뷰 등을 모아 번역해 실었다.

《CEO사회》(피터 블룸·칼 로즈 지음, 장진영 옮김, 산지니 펴냄)

기업이 일상을 지배하는 CEO사회. 21세기에 접어들어 마크 저커버그, 스티브 잡스 등 스타 CEO가 탄생했고, 그들의 영향력은 어마어마해졌다. 대중은 그들을 비난하기도 했지만, 동시에 모방하고 동경하게 되었다. 이 증상은 도널드 트럼프가 미국의 대통령이 됨에 따라 정점에 이르렀다. 불과 몇십 년 전까지만 해도 회의실에서 졸던 사람으로만 여겨지던 CEO는 어떻게 현대사회의 아이콘이 되었을까? CEO에 열광하는 이 사회에서 우리는 어떤 일을 겪고 있을까? 기업뿐만 아니라 정치, 문화, 사랑 등 우리 삶 곳곳에 CEO가 미치는 악영향을 들여다보고, 대안을 모색해보는 책이다. 종료

독립서점+작은도서관
그리고 소셜살롱

생각하는 바다

젊음의 활기가 넘치는 부산 광안리 바다. 빛나는 바다가 있는 해변의 끝자락에 따스한 불빛을 켠 고즈넉한 문화공간이 있다. 바다만큼 넓고 깊은 생각을 담고자 희망하는 인문예술공간 〈생각하는 바다〉. 〈생각하는 바다〉는 광안리 해변에 위치한 독립서점이자 50명의 사람이 함께 꾸미는 작은 도서관, 그리고 매일 저녁 글과 사람이 어우러진 문화공간의 기능을 하는 지역의 소셜살롱이다.

공유책장 '당신을 생각하는 바다'

〈생각하는 바다〉에서만 만나 볼 수 있는 공유책장 '당신을 생각하는 바다'는 책장을 분양받은 50여 명이 각자가 읽은 책으로 직접 채워나가는 책장이다. 책을 통해 엿보는 타인의 사유. 원목으로 꾸며진 따스한 느낌의 책장을 통해선 주목을 받은 책부터 바닷속 진주처럼 꼭꼭 숨은 책까지 세상의 선택과는 다른 이유로 선택된 수많은 책을 살펴볼 수 있다. 각각의 모습을 간직한 타인의 책장을 통해 그는 또 어떤 식으로 세상을 만나고 이해하는지를 짐작해 볼 수 있는 경험.

  그중에는 감명 깊었던 구절이나 기억하고 싶은 구절에 밑줄이 그어지기도, 머물러 자신의 생각을 메모해놓은 책도 있다. 특히 개인의 취향에 따라 다채롭게 꾸며진 책들은 모든 강줄기를 품는 바다처럼 시집부터 SF소설까지, 종교와 철학까지 장르를 넘나들며 자유롭게 섞여 있다. 한 사람의 큐레이션이 아닌 수많은 사람의 시선으로 채워진 책들은, 그 책장의 주인들과 만나는 사람책 형태의 북콘서트를 통해 책장 밖을 튀어나와 독자와 독자의 상상과 경험이 만나는 자리로 이어진다. 박스 한 칸의 크기에 채워진 책의 제목, 놓인 소품들, 밑줄과 메모를 훑어보는 것만으로도 나오는 다

른 시선과 경험을 상상할 수 있는 독특한 책장을 만난다.

말을 짓고 읽으면서 사색하는 '어부語夫'

공유책장 맞은편에 자리 잡은 〈생각하는 바다〉의 독특한 독립책방 '어부(語夫)들'은 바다가 품고 있는 다양한 물고기를 낚는 어부(漁夫)들처럼 말을 짓고 읽으면서 사색하는 사람들을 의미한다. 그래서 이곳의 도서들은 물고기의 이름을 빌려, 청어(靑語)는 '미래의 주인공들을 위한 책', 전어田語는 '생명의 가치를 존중하는 책', 광어(狂語)는 '미쳐서 아름다운 책', 장어(壯語)는 '우리 모두를 위해 싸우려는 책', 홍어(紅魚)는 '빨간책', 방어(方語)는 '지역을 알아갈 수 있는 책'으로 큐레이션 되어 있다. 물고기처럼 생명력을 가지고 움직이는 책들과 책 속의 문장들을 하나하나 길어 올리는 생각하는 바다의 〈어부(語夫)들〉을 만나보고, 여러분 또한 어부가 되어보기를 권한다.

따뜻한 커피와 다양한 전통차를 주문할 수 있는 카페는 〈생각하는 바다〉의 가장 편한 모습이다. 낮은 조도로 세팅해 어부가 되어 새롭게 낚아 올릴 책을 기다리며 새로운 문화 트렌드에 맞춰 다양한 종류의 수입 맥주, 책에 맞춰 분위기의 변주를 더 해줄 하우스 와인도 함께 준비해두었다. 커피, 차, 맥주, 와인과 함께 세상과는 다른 속도로 천천히 문장을 음미할 수 있도록 많은 고민을 담았다.

수많은 생각이 쏟아지는 새로운 공간

〈생각하는 바다〉는 지역에서 공방을 운영하는 동료들의 독특한 색채가 담긴 굿즈들, 해파리 모양의 키링, 깨끗이 책을 담을 수 있는 패브릭 주머니, 손으로 만든 볼펜꽂이와 책갈피, 그리고 '생각하는 바다'의 로고가 담긴 예쁜 머그컵, 글을 읽는 공간을 넘어 글을 쓰는 공간이 되길 바라는 마음으로 나무연필과 노트로 공간의 한쪽을 꾸며놓았다.

〈생각하는 바다〉는 지금의 모습에 고정되지 않고 많은 이들의 생각을 담아내는 다양한 형태의 공간으로 변해가길 희망한다. 책을 읽는 향유자에서 시작돼 책에서 무엇을 느꼈는지 꺼낼 수 있는 대화의 장으로, 서로의 사유와 책을 중심으로 펼쳐지는 북콘서트와 조금 느린 호흡을 되찾는 시를 읽는 시간을 준비하고 있다. 나와는 다른 선으로 작가와 만났을 다른 독자를 생각할 수 있는 열린 공간이자 수많은 생각이 쏟아지는 살롱의 공간으로 〈생각하는 바다〉가 우리 시대의 새로운 흐름과 호흡을 제안하는 움직임이 되길 기대한다. 書로

엄마들이 책을 읽으니
아이들이 책과 친해져요

그나라어린이도서관

그나라어린이도서관은 팔공산을 뒤
로, 좌우론 함지산과 명봉산 그리고
마을 사이로 금호강을 만나러 팔거천
이 흐르는 대구 북구 동천동에 자리
잡고 있다.

　마을에 대한 단순한 관심으로 초등
학교 옆 기타학원 작은 교실을 빌려서 작은도서관(대구 북구 77호)을 시작했고, 몇
달 후 빠르게 채워지는 책과 좁은 공간의 한계로 교회가 사용하던 인근 상가로
자리를 옮겨 이제 막 두 돌을 맞이한 어리고 작은도서관이다.

　박성원 관장은 "처음 몇 달은 빈 공간에 책이 채워지고, 좋아하는 책을 마음
대로 전시하는 재미에 신났다"고 말한다. 국립중앙도서관 책수레봉사단을 통해
600여 권의 책이 더해지면서 제법 모습은 갖춰갔다.

　그러나 생각만큼 이용자들이 몰려오지는 않았다. 다양한 프로그램을 기획하여
진행해 보았지만, 함께 가는 도서관의 가족이 되지는 않았다. 오히려 무리하게 진
행한 프로그램으로 도서관 운영에 부담만 되었다. 그러던 중 《도란도란 책 모임》

등의 저자 백화현 선생의 강좌를 듣고 도서관 안에서 다양한 독서 모임을 만들겠다는 마음을 가졌다. 때마침 연결된 조리원 동기(일명 조동) 엄마들을 중심으로 자발적인 독서 모임이 생겼고, 이후 하나 둘 모임이 생기기 시작했다. 그런 모임의 구성원들이 도서관을 응원하는 중요한 가족이 되어 지금도 함께하고 있다.

그림책의 재미에 빠지다

개인이 운영하는 작은도서관 특성상 총류부터 역사까지 다양한 종(種)의 책을 구비할 수 없었지만, 도서관을 준비하면서 만난 '그림책'이라는 분야에 집중하여 장서 개발을 하고, 도서관의 방향을 '모든 세대가 함께 읽을 수 있는 그림책'으로 특정하니 오히려 고민이 줄었다. 그 덕에 짧은 시간이었지만 다양한 이야기로 채워갈 수 있었다. 초반 '우리동네열린강좌'라는 형식으로 다양한 강좌를 마련할 때보다 '그림책 함께 읽기'로 매달 주제 혹은 그림책작가를 선정하여 책을 전시하고 주제나 작가에 관해서 나눌 수 있는 강사를 모시고 그림책을 함께 읽으니 참여도도 높고 그림책 이야기로 풍성하게 도서관이 채워지는 것을 경험했다. 게다가 도서관을 외부로 알리는 효과도 덤으로 얻었다. 그렇게 채워지는 그림책과 이야기들로 처음에는 "그림책뿐이냐"며 시큰둥하던 이용자들도 그림책의 재미에 빠져들기 시작했다.

"그나라어린이도서관 운영의 큰 줄기는 주양육자(대부분 엄마인)가 책이랑 친해지고 그 재미를 아이들에게 물려주는 것입니다. 그래서 모임도 강좌도 엄마들 대상으로 많이 진행됩니다."

우스갯소리로 '그나라엄마들도서관'으로 이름을 바꾸라는 말도 들린다. 그만큼 엄마들이 건강했으면 좋겠다는 것이 박 관장의 의지이다. 이제는 그 엄마들과 같이 밥을 해서 먹고, 그림책을 공부하는 모임도 생겼다. 도서관 밥솥에 밥을 해놓으면 각자 반찬을 가져와 나눠서 먹고 함께 그림책을 보며 울고 웃는다.

"그림책을 통해서 모인 한 명 한 명이 도서관에서 책과 함께 아이들의 좋은 친구가 되어주고 있어요. 나아가 그림책으로 다양한 활동을 하시는 분들이 생겨났고 또 더 많은 사람들이 그렇게 성장하길 응원합니다. 개인적으로 많이 부족하지만 이 일을 계속하는 가장 큰 이유가 아닐까 생각합니다. 오랜 육아로 지친 엄마들의 회복과 성장을 돕는 일이 동네 작은도서관이 할 수 있는 가장 큰 보람이 아닐까 생각합니다."

그런 엄마들이 많다면 아이들은 자연스럽게 밝고 건강하게 자랄 것이라 박 관장은 확신한다.

책과 친해지기, 기다리면 언젠가는

도서관에 오는 한 모둠의 아이들은 박 관장을 '삼촌'이라고 부른다.

"초등학교 2학년인 예나는 오랜 시간 함께 한 후배 가정의 아이인지라 당연한 호칭인데, 또래 아이들도 덩달아 삼촌이라고 부릅니다. 그런데 어떤 호칭보다 듣기가 참 좋습니다. 삼촌과 조카 사이이니 아무래도 더 편하게 몸으로 부대끼며 놀게 됩니다. 별 도구가 없이 눈만 가리고 술래잡기만해도 웃음이 끊이질 않습니다."

그런 아이들의 웃음소리가 좋다. "언제 책을 읽습니까? 그래도 도서관인데 너무 시끄러운 것 아닌가요?" 걱정하는 분들도 있다. 그러나 놀다 지쳐 보이는 것이 책이니 언제가 한 권이라도 책을 읽게 되고 안 되면 책 제목이라도 보고 가겠거니, 박 관장은 생각한다. 그렇게 놀다가도 아이들이 재미있게 읽은 책이 있으면 자기 이름이 붙은 미니 이젤에 올려 두기도 한다. 때로는 어른들이 아이들을 생각하며 책을 올려 두기도 한다. 그렇게 자연스럽게 책과 친해지도록 기다린다.

"요즘 들어 우리 도서관은 주변의 다양한 모임을 위한 장소로도 많이 활용됩니다. 단지 나눌 수 있는 것이 공간이라 조금씩 나누고 있는데 그렇게 공간을 나누는 모임의 구성원들을 통해서 도서관이 오히려 더 큰 격려와 도움을 받습니다."

아직 그럴싸한 사업을 제안해서 사업비를 받으며 진행된 일들은 많지 않지만, 함께 그림책을 읽고, 공간을 활용하고 격려해 주는 이웃들과 함께 동네도서관이 되어가고 있다. 물론 아직까지 운영에 있어 후원보다는 사비가 많이 들어가고 있지만, 조금씩 도서관의 취지에 공감하고 공간을 지켜 주고, 후원해 주는 사람들이 생기면서 "이제는 내 마음대로 포기할 수 없는 지점을 통과하고 있는 것 같다"고 박 관장은 말한다.

"여전히 많은 부분이 미숙하고 운영비 마련이 만만치 않지만 하나씩 세워지고 만들어지는 모임들을 보며 힘을 냅니다. 지역에 많은 작은도서관들이 있지만 제대로 운영되는 곳은 많지 않은 것이 현실입다. 그러나 책을 사랑하고 마을을 사랑하는 분들이 조금씩 관심을 가지고 마을의 사랑방 같은 작은도서관들을 격려해 준다면 조금 더 힘을 내리라 생각합니다.”

그나라어린이도서관이 추천하는 책

《내 아이가 책을 읽는다》(박영숙 지음, 알마 펴냄)

책 속 구석구석에서 전해지는 박영숙 관장님의 사람에 대한 사랑과 배려 그리고 열정을 보면서, 처음엔 마음이 조금 무거웠습니다. 아무리 동네 작은도서관이라도 이것은 내가 할 수 있는 일이 아니고 박영숙 관장님과 같은 특별한 분이나 할 수 있는 일인 것 같았습니다. 그러나 책을 덮으며 책 속에서 도서관과 책을 통해 성장한 이들의 현재 모습이 그려지면서 부족하지만 내 자리에서 이런 도서관을 꿈꿔보자는 마음을 다지게 된 책입니다.

《내가 라면을 먹을 때》(하세가와 오시후미 글 · 그림 장지현 옮김, 고래이야기 펴냄)

도서관을 시작하기 전 공동체를 잃은 큰 상실감에 힘들었던 시간이 있습니다. 그때 큰 힘이 된 것이 그림책이었습니다. 어떤 한 권에게 감동한 것보다 마치 파도가 밀려오는 것처럼 그림책의 매력에 빠지면서 힘을 낸 경험이 있습니다.

이 책도 그런 그림책의 매력이 듬뿍 담긴 책 중에 한 권입니다. 제목만 보면 유쾌한 생활 동화 같은 시작이지만 책을 다 덮고 나면 쉽게 가시지 않는 여운이 남습니다.

우리는 내 문제에 몰두해 바로 옆에 있는 이들의 아픔에도 둔감할 때가 너무 많습니다. 그러나 짧은 그림책에서 우리는 서로 관계되어져 살아가는 존재임을 상기시킵니다. 시리즈 제목처럼 '모두가 친구'임을 배울 수 있는 책입니다. 우리 모두가 그런 관계로 이어지길 소망합니다. [끝]

괜찮은, 품위있는
독서동아리들의 아지트

디센트 스터디카페

대구의 복합문화공간 디센트 스터디
카페를 소개한다. 디센트 스터디카페
는 독서실과 그룹스터디룸, 힐링룸,
북카페로 구성되어 있다. 말하자면
'고급스런' 독서실이다. 디센트 스터
디카페 박상욱 대표를 만났다. 박 대
표는 대구에서 태어나 현재까지 대구

박상욱 대표

에서 살고 있는 대구 토박이로, 한일서적 대표이기도 하다. 박 대표는 아버지를
이어 2대에 걸쳐서 서점을 운영하고 있으며, 시민들과 함께 책으로 만나는 공간
이 필요하다고 판단하고, '디센트 스터디카페'를 열었다.

어떤 계기로 북카페를 열었나요?
평소에 몇 개의 독서토론 모임을 하고 있었는데, 모임을 할 때마다 장소에 대한
고민을 하다 보니 자연스럽게 북카페를 운영하고 싶다는 생각을 가지게 되었고
고민 끝에 결실을 맺게 되었습니다.

이름에 '디센트'에 담긴 뜻은 무엇인가요?

디센트(decent)라는 영어 단어는 '괜찮은, 품위 있는, 예의 바른'이라는 의미를 담고 있습니다. 늘 겸손하고 신용을 지키며 바르게 살라는 선친의 말씀을 기억하는 의미이기도 합니다.

북카페를 꾸미면서 중점을 둔 것을 무엇일까요?

실내에서 카페, 스터디, 비즈니스, 전시, 공연, 아트 마켓, 서점 등 여러 가지 문화생활을 즐길 수 있는 복합문화공간을 만드는 데 중심을 두었습니다. 여러 공간들이 다양성과 개별성을 보장하면서도 기능적으로 잘 구현될 수 있는 조화로운 인테리어에 중점을 두었습니다.

디센트에 비치된 도서는 어떤 책들인가요?

디센트 스터디카페에는 다양한 장르의 책들을 구비해 놨습니다. 건강, 취미, 문학, 종교, 경제, 철학, 인문 등의 오래된 책부터 최신간 도서까지 약 천 권 정도를 보유하고 있습니다. 그 중에 가장 많이 읽은 책은 정약용의《목민심서》입니다.

디센트에서는 어떤 활동들을 하고 있나요?

2008년부터 새마을문고 활동을 하고 있으며 도서교환전, 길위의 인문학, 도전골든벨, 작은음악회 등 대구시민들과 함께 하는 다양한 프로그램들을 운영하고 있습니다. 정기적인 독서 토론 모임과 저자 사인회, 작가 전시회 등의 활동도 하고 있습니다.

외부의 독서 모임들도 유치하고 있고요. 아무래도 서적업을 하고 있다 보니 관련 분야의 다양한 문화 활동을 펼칠 수 있는 새로운 공간이 생겨 참 좋습니다.

앞으로도 더 많은 인연들이 있었으면 합니다.

이용하시는 분들께 한마디?

디센트 스터디카페는 북카페로서의 기능 외에도 그룹스터디룸, 프리미엄독서실을 갖추고, 글쓰기, 독서토론 등 다양한 컨텐츠를 접목한 복합문화공간을 지향하고 있습니다. 독서문화와, 영화, 미술 등 예술활동에 관심 있는 다양한 분들이 많이 방문하고 활용해 주셨으면 좋겠습니다.

디센트가 앞으로 어떤 공간이 되었으면 좋겠다고 생각하시나요?

저희 브랜드 이름에 담긴 의미처럼 언제나 괜찮은, 변함없이 꾸준한 문화예술과 지역주민들의 소통의 장이 되고 싶습니다.

문화 강좌와 소규모 공연, 북 콘서트 등의 활동을 꾸준히 개최하면서 대구의 대표적인 문화공간으로 기억되고 싶습니다.

감사합니다. 등라

책과 사람의 공간,
수원 행리단길 '작은도서관'

책고집

2018년 12월, 유네스코세계문화유산인 수원의 화성행궁과 장안문 성곽으로 이어지는 '행리단길'에 특별한 책공간이 탄생했다. '행리단길'은 한창 새로운 모습으로 탈바꿈하고 있는 수원의 새로운 문화거리다. 그 특별한 공간은 이름도 독특한 책고집(冊固執)이다. 검정색 동판에 글자를 파낸 뒤 조명을 설치한 간판은 야간에 보면 훨씬 멋지다. 간판엔 '최준영의 작은도서관'이라는 글자가 선명하게 새겨져 있다.

 책고집은 건물 외벽부터 예사롭지 않다. 규격화된 타일 대신 가마터에서 갓 구워낸 초벌도자기의 잔해들이 불규칙적으로 박혀 있다. 내부는 서구의 전통 내부재 '테라로사(terra rosa)'를 연상케 하는 붉은 색감의 벽돌과 흙으로 마감됐다. 외부의 도자기와 내부의 테라로사 색감이 절묘하게 조화한다. 압권은 천장이다. 근

래 건축에선 보기 드문 둥근 돔(dome)이다. 돔 천장은 고풍스런 분위기를 자아내
는 한편, 음향효과를 더한다. 굳이 마이크를 잡지 않아도 울림통 역할을 하는 돔
으로 인해 소리가 실내 가득 육박한다. 몇몇이 모여 이야기를 하다보면 저절로
서구의 유서 깊은 성안의 연주회에 와있는 것 같은 착각이 들 정도다.

거리가 정겹고 건물이 아름다운들 사람의 온기가 없다면 죽은 공간이다. 책고
집엔 연일 사람이 모인다. 책이 있고, 작가가 있고, 강연이 있기 때문이다.

작은도서관 책고집의 주인장 최준영은 꽤 알려진 인문학 강사이면서 또한 책
읽기와 글쓰기를 이어가는 작가이다. 그에겐 10여 년 전부터 '거리의 인문학자',
'거지교수'라는 별명이 따라붙는다. '거리의 인문학자' 최준영은 신춘문예 당선
이후 거리의 노숙인과 미혼모, 교도소재소자, 여성가장, 자활참여자 등 어려운
이웃과 함께 삶의 인문학을 이야기해왔다. 성프란시스대학(최초 노숙인인문학 과정)
교수를 거쳐 경희대 실천인문학센터에서 강의했으며, SBS라디오와 MBC에서
책소개 코너를 진행했다.

'책고집'이라는 이름은 최준영 작가의 저서 〈최준영의 책고집〉에서 따왔다.
최 작가는 전국의 공공도서관과 평생학습관, 복지관, 대학원 등에서 강의하며 책
고집이라는 이름의 온라인 버전의 독서동아리를 20여 개나 꾸려 왔다. 이윽고
작년 말, 책고집의 둥지로서 수원의 행리단길에 작은도서관을 마련했다. 둥지에
는 최 작가 소장도서 3,000여 권과 회원들이 보내온 500여 권이 비치돼 있다. 책
고집은 한마디로 수천 권의 책이 모여 성을 이루고, 마을을 이룬 책의 공간이자
독서공동체이다.

책고집에서는 작년 말 열음식 때부터 현재까지 쉬지 않고 인문학 강연이 열린
다. 시쳇말로 내로라하는 강사들이 기꺼이 책고집에 와서 강의한다. 책고집 강사
의 면면은 입이 쩍 벌어질 정도다. 시사평론가 유창선을 필두로 작가 이만교, 젊

고 열정적인 사회학자 엄기호, 출판평론가 장은수, 전문편집인 김정선, 작가 은유, 정신과전문의 정혜신으로 이어진 인문강좌 시즌1(2019년 1월과 2월)은 그야말로 문전성시를 이루었다. 지금 책고집에선 시즌2(3월과 4월) 인문강좌 "돼지가 공부에 빠진 날"이 진행 중이다. 시즌2의 강사진 역시 시즌1에 뒤지지 않는다. 문학평론가이자 조선대 문창과 교수 신형철과 CBS PD 정혜윤, 작가 정여울, 인문학자 김경집, 도서평론가 이권우, 출판평론가 한기호, 핫한 작가 김민섭, 젊은 사회학자 최태섭, 시인 이산하, 기생충박사 서민 등. 바야흐로 책고집은 인문학 강의를 하는 사람이면 누구나 한번쯤 가보고 싶은 공간으로 인식되기 시작했다.

강사가 훌륭하고, 강의가 좋다한들 그 강의를 듣는 사람이 없다면 그게 다 무슨 소용인가. 책공간 책고집에는 책만 있는 것이 아니다. 사람이 있다. 사람이 온다. 사람이 모인다. 사람이 즐겁다. 사람이 교감한다. 사람이 어우러진다. 사람이 사람다워진다. 책고집은 책의 무덤이 아니라 책의 안온한 거처이자, 살아 숨 쉬며 함께 어우러지는 사람의 공간이다.

책고집의 힘은 전국에 흩어져 있는 2,500여 명의 책고집들에게서 나온다. 책고집들은 기본적으로 고집스럽게 책을 읽는 사람들이다. 책이 좋아 책을 읽고 사람이 좋아 사람을 찾는 사람들이다. 그들이 모인 곳이 또한 작은도서관 책고집이다. 책고집 강연이 열리는 날이면 전국 각지의 책고집들이 불원천리 달려온다. 전국 책고집들의 열정과 거리의 인문학자 최준영의 힘이 보태지면서 책고집은 어느새 수원의 대표적인 책공간으로 자리매김하고 있다. 향후 책고집은 단순 책공간을 넘어 지역사회의 문화예술 공간, 사람과 사람이 어우러지는 사람공동체로 거듭날 것이다. 인문학 강연뿐 아니라 각종 공연과 시민사회토론회, 소규모 독서동아리의 둥지 역할을 할 것이다.

책공간, 독서공동체 책고집은 권력이나 돈에 좌우되지 않는다. 오로지 시민의 자발적 참여 속에 시민의 힘으로 역사와 문학과 철학, 사람의 향기를 만들어내는 시민의 공간, 자유의 공간, 사람의 공간이다. 수원에 오시거든, 책고집에 놀러 오시라. 책고집은 1년 365일 개방돼 있으며 누구에게나 개방된 곳이다. 書2

지역책들 한데 모은 '누구나의 평상'

날날북스

병점 餅店

경기도 화성의 병점은 '떡전거리'라
는 뜻을 가지고 있다. 춘향전에 이도
령이 과거를 보기위해 한양으로 가는
길에 이곳에서 '장원 떡'을 사먹었다
고 하니 그 역사가 짐작이 간다. 그러
나 막상 지하철 1호선 병점역에 내려

보면 떡집은 찾아볼 수 없다. 본질은 사라지고 지명과 도로명 주소로만 남겨진
이곳 병점에서는 토박이와 외지인을 쉽게 구분할 수 있다. 토박이들은 '병점'으
로 외지인들은 '병쩜'으로 발음한다고 한다. 우리말이 된소리로 변해가는 안타
까운 현상이다. 그러니 병점에 오시거든 토박이가 아니더라도 '병점'으로 발음
할 일이다.

서점 書店

지하철 1호선 병점역 1번 출구에서 도보로 5분 거리, 작은 골목길 안에 '날날북
스'가 있다. 이곳에서는 지역의 이야기를 담아내는 지역출판사에서 발행하는 도

서를 만날 수 있다. 2017년 5월 제주에서 한국지역출판연대(이하 '한지연')가 주최한 첫 번째 도서전인 '제주한국지역도서전'에 모여진 지역의 책들이 서울국제도서전에 전시되고 나서 '날날북스'로 오게 되었다. 전국 방방곡곡의 지역 책들이 제주와 서울을 거쳐 화성 병점에 모인 것이다. 날날북스는 지역출판과 독립출판 도서를 중심으로 서가를 구성하고 있다. 이곳에서는 보통의 서점에서 쉽게 볼 수 있는 참고서는 물론이고 베스트셀러나 유명작가들의 책은 취급하지 않는다. 날날북스는 전국에서 거의 유일한 지역출판 전문서점이다. 날날북스는 지역출판과 독자들의 접점을 높여주면서 지역을 기록하고 있는 지역출판의 중요성을 홍보하는 역할을 하고 있다. '한지연'의 초대 대표를 지낸 황풍년 전라도닷컴 편집장은 "전국적인 유통망을 갖지 못한 열악한 처지의 지역출판사들에게 새로운 독자들을 만날 수 있는 반가운 통로이자 힘이 되는 존재"라고 날날북스에 거는 기대를 밝혔다.

공동체 共同體

지방분권의 시대라고 지역의 중요성이 강조되고 있지만 현실은 아직도 중앙중심의 시대이다. 특히 서울과 가까운 수도권은 문화적으로 풍요롭지만 시민들이 소비하는 문화는 중앙의 문화로 가득하다. 문화적으로 풍요로운 수도권은 역설

적이게도 서울에서 멀리 떨어진 지역보다 자기 지역의 문화를 지켜내지 못하고 있는 것이다.

날날북스는 지역의 가치와 중요성에 주목한다. '날날'이라는 단어적 의미는 'Day Day' '하루하루' 라는 뜻이다. 하루의 일상을 소중히 생각하고 그런 일상을 놓치지 않고 기록해보자는 취지를 가지고 있다. 이곳은 기록의 의미를 창출하고 축적하기 위한 공간이다. 시민기록자들이 모여서 지역이야기를 기록하고 소통하는 마을공동체를 지향한다. 시민들과 함께 기록하고 기록된 내용을 책으로 출판하는 활동에 중점을 두고 있는 '날날북스'에는 '누구나 평상'이라는 마을 공동체가 있다. 예전 마을입구 느티나무 아래에서 노동의 땀방울을 식히고 음식과 이야기를 나누던, 누구나 잠시 쉬어갈 수 있었던 평상이라는 공간을 그리워하는 공동체이다.

'누구나 평상'은 우리가 살고 있는 지역을 기록하기 위해 마을기록학교를 운영하고 있다.

"지역의 기록 생태계가 건강해지려면 우선, 지속적인 시민들의 참여가 필요합니다. 시민들이 지역을 기록하는데 관심을 갖는다는 것은 곧 자기 지역에 대한 관심이 있기 때문이죠. 참여는 지역공동체를 활성화시키는 가장 큰 요인입니다. 저희는 마을기록학교를 통해서 지속적인 시민의 참여를 이끌어낼 수 있다고 생각합니다. 마을기록학교를 통한 시민기록자의 탄생이 마을기록의 시작입니다."

'날날북스' 이형희 대표는 마을기록학교를 마을기록의 시작점이라고 강조한다. 시민들이 참여하는 기록수집 활동은 지역에 대한 관심이며 소통의 확대이다. 시민들의 참여는 기록작업과 수집활동의 지속성을 담보할 것이다.

기록 記錄

'날날북스'는 마을공동체 '누구나 평상'과 함께 지역 시민들을 대상으로 마을기록학교를 운영하고 수료생들과 함께 마을아카이빙 활동을 진행해왔다. 2017년에 8강으로 진행했던 마을기록학교는 2018년에는 이론 강의 10강과 실무 강의 3강으로 확대되었다. 특히 실무 강의는 수강생들이 직접 마을로 들어가 기록을 수집할 수 있는 능력을 배양시키는 역할을 했다. 마을기록학교 수료생들과 함께한 지역 기록의 결과물은 매년 책자로 발간되었고, 이와 별도로 전시를 통해 결과물을 공유하고 있다. 작년에 진행되었던 '당신의 병점 이야기'는 화성시 유앤아이센터와 병점역, 진안동행정복지센터에서 순회전시하였으며 화성시청 로비에서도 전시될 예정이다. 기록은 과정도 중요하지만 결과물을 어떻게 활용하고 공유할 것인지 고민해야 한다.

그간 '누구나 평상' 마을기록학교는 마을공동체 공모사업을 통해 진행되었다. 그러나 공모사업을 통한 사업진행은 횟수 제한 등의 한계를 갖는다. 주변에서는 공동체 명칭을 바꾸거나 새로운 공동체를 만들어 공모사업을 계속할 것을 권했지만 '날날북스'는 다른 길을 선택했다.

"마을기록학교가 지속성과 함께 공신력을 높이려면 공공과 함께 진행되는 것이 가장 좋다고 생각합니다. 공공이 가지는 공신력과 민간이 가지는 자율성의 조화는 시민기록자 양성에 매우 적합한 방식입니다"

'날날북스'는 공공의 문을 두드렸고 올해부터 화성시 평생학습센터와 함께 〈화성아카이브 – 화성에 살다, 기록하다〉 강좌를 개설하기로 하였다. 이번 강좌는 화성시평생학습 시민대학 형태로 10강으로 진행될 예정이다. 특히 이번 강좌는 한신대학교 기록대학원이 함께함으로서 지역 아카이브 협업의 좋은 사례가 될 것이다.

"화성은 일상기록의 선구자 이옥을 배출한 지역입니다. 이옥의 글쓰기는 현대인들에게도 깊은 영감을 주고 있는데요, 일상의 소소한 부분을 세밀한 관찰과 묘사를 통해 보여주고 있습니다. 저는 이옥을 우리나라 최초의 일상기록자이자 시민 아키비스트라고 주장합니다. 이옥이 남긴 기록에 대해서 궁금하신 분들은 5월 14일 화성시 능동 평생학습센터에 오셔서 화성아카이브 1강을 들어보시기를 권합니다."

마을아카이브에 대해 깊은 열정을 보이는 이형희 대표가 추구하는 기록을 통한 지역의 가치 발현은 지역출판을 통해 꽃피우고 열매 맺게 될 것이다. 지역을 기록하고 지역의 가치를 지켜나가는 지역출판은 지역을 지키는 마지막 보루이다. 이제 병점 뒷골목의 작은 책방 '날날북스'는 시민들에게 더 이상 작은 책방이 아닌 지역의 큰 공간으로 자리매김 해가고 있다.

날날북스가 권하는 책

《누구나 마을 아카이브》(이영남 외 지음, 더페이퍼 펴냄)
이 책은 작년에 수원에서 진행되었던 '사이다와 함께하는 마을기록학교' 강의록을 바탕으로 만들어졌다. 마을 아카이브에 관심을 갖는 분들이 많지만 시민들을 위해 이렇다 할 입문서가 없는 상황에서 아카이브에 관심을 가진 분들께 조금이라도 도움이 되고자 발간되었다.
"저는 아카이브가 정말 아름답다고 생각합니다. 그 아름다운 세계로 첫 발을 딛는 분들께 추천 드리고 싶습니다."

《여든, 꽃》(김선순 · 이육남 · 이대건 지음, 책마을해리 펴냄)
밭 매다 시 쓰고 그림 그리는 여든이 넘으신 김선순 할머니의 글과 그림을 예쁘게 한 권의 책으로 만들었다. 편집자는 평생을 노동으로 살아오신 어르신의 내면에 숨어있던 곱고 어여쁜 마음을 4년간 기록해냈다. 할머니의 인생과 인간에 대한 사랑과 그리움을 보고 있으면 나도 모르게 마음이 따뜻해진다. 홍리

특별한 근황을 위해
필요한 요소

삼요소

삼요소는 세 가지를 한다. 책과 음료를 팔고, 사람들을 모은다. 사람들을 모아, 책도 읽고 영화도 보고, 이야기도 듣는다. 이 세 가지 중에 가장 중한 것이 사람이다. 낯선 이들이 모여 일어나는 진지하고도, 무겁지 않은 화학 작용. 아무럴 것 없는 일상에 특별한 근황을 더해 주는 삼요소의 비결이다.

대전 서구 갈마동 906번지. 둔산여고 네거리를 지나 언덕길을 올라가면 길 끝쯤 건물 2층에 이런 글귀가 간판에서 빛나고 있다.

'어제는 책을 읽다 끌어안고 죽고 싶은 글귀를 발견했다.'

검정 간판에 하얀 글씨가 콕 마음에 와 박힌다. 박준의 시집《당신의 이름을 지어다가 며칠은 먹었다》에 나오는 글귀이다. 대낮보다는 저녁에 불 켜진 간판을 올려다보면, 왠지 모르게 헛헛한 퇴근 후, 저 안으로 들어가 책장이라도 뜯어먹고 싶어질 듯하다.

독립서점 삼요소의 삼각뿔 로고 속에는 쓸쓸한 시간, 사람들이 필요로 하는 세 가지가 다 있다. 삶을 조금 더 가치 있게 해주는 세 가지, 북(책), 베버리지(음료), 커뮤니티(공동체)를 담은 이름 '삼요소.' 요즘 인기를 끄는 드라마의 가부장적 아버지가 강요하는 피라미드 꼭대기가 아닌, 세 개의 점을 잇고, 세 개의 선이 모여

이루는 균형과 여유. 그런 것을 찾는
사람들에게 딱 맞는 삼요소의 시작점,
조규식 대표를 만났다.

조규식 대표

이제 한 살, 삼요소 맑음

조규식 씨는 서점을 운영하는 일이 행
복하다고 했다.

"개인적으로 스트레스 받을 일이 없어요. 하기 싫은 걸 하는 게 거의 없다 보니
까 정신상태가 맑고 여유가 있어서 좋아요."

모든 것에서 만족스러우나, 경제적인 면에서 지속이 가능한지가 고민이다. 그
래도 3년은 해 볼 생각이다.

서점하길 참 잘했다 싶은 순간을 물었더니, 삼요소 덕분에 만난 여자친구 얘기
를 한다.

"여기서 여자친구를 만났기 때문에, (삼요소는) 제 역할을 다했어요."

2017년 12월 20일 수요일, 삼요소는 처음 문을 열었다. 그리고 1년. 2018년
12월 22일 1주년 행사를 했다. 25명이 모여 삼요소의 1년 생일을 축하했다. 하
고 싶은 대로만, 누구의 말도 신경 안 쓰고 만든 삼요소의 1주년 기념일은 그에
게 자신의 생일보다 특별했다. 함께한 분들이 낭독도 하나씩 준비했다. 그 순간
이 참 좋았다. 작년 김연수, 김금희 작가 등 조규식 씨에게는 아이돌처럼 느껴지
는 사람들을 아무것도 아닌 이 작은 서점에 초대해 이야기 나눌 수 있다는 것도
신기했다.

대전이 고향이고, 20대는 서울에서 보냈고, 영화를 전공했고, 몇 년 직장 생활
을 하다가 그만두고 나왔다. 그때 조규식 씨는 서른두 살이었다. 앞으로 무엇을

하면 좋을까 고민하던 중에 팟캐스트에서 독립서점 사장의 이야기를 들었다. 서점 인터뷰 책도 읽고, 돌아다녀 보고, 독립서점 사장들에게 이메일을 보내기도 했다. 책도 보고, 모임도 하고, 행사도 하고, 재미있겠다 싶었다.

"회사 집, 회사 집, 하는 게 싫고 독서모임을 하고 싶었어요. 어디서 찾아야 될지 몰라서 못 했고요. 책 읽고, 영화 보고 이야기 나누면 좋겠다고 생각했어요."

그렇게 서점을 해야겠다고 결심한 후 6개월 뒤 문을 연 것이 삼요소다.

이날이 특별한 근황이다

조규식 씨는 커뮤니티를 가장 중요하게 생각한다. 독서 모임 '위리드', 글쓰기 모임 '창작과 비명', 영화 모임 '언젠가 세상은 영화가 될 것이다'를 꾸리고 있다. 조규식 씨를 제외 정원 7명, 영화 모임은 2개 반, '위리드'는 현재 3개 반, '창작과 비명'은 11기까지 진행했고 현재 '신 창작과 비명'으로 이름을 바꿨는데 글쓰기만이 아닌 다양한 창작을 진행하며 8주 안에 각자의 작품을 완성해 간다. 올해는 새롭게 시작한 '당신 자신과 당신의 것'이라는 영상 제작모임을 따로 모집 중이다. 그리고 '고독한 독서가들'이라는, 신청자를 받아 하루 30페이지씩 책을 읽어 카톡으로 인증 사진만 올리는 프로젝트가 있다. 이 모든 모임을 그가 이끈다. 매번 책도 읽어야 하고, 챙겨야 할 것이 많지만 그는 이것을 일로 생각하지 않는다.

삼요소의 공동체는, 느슨하며 독립적이다. 책이나 영화로 이어지는 하나의 테마를 놓고 마주하며 소소한 감상들을 나눈다. 그리고 각자가 추구하려는 일을 격려한다.

"모임이 가장 재미있어요. 그게 아니면 다른 곳이랑 삼요소가 차별되는 것이 없죠. 사적으로 만나는 사람이 없고, 그날 주어진 책이든 주제든 이야기 나누고 딱 끝이거든요."

대개 이곳에 오는 사람들은 혼자 있는 걸 좋아하는 성향을 가졌다. 다양한 사람이 서로 다른 동기로 모여서, 평생 만나지 못했을 서로를 마주한다. 직업, 나이, 성장 배경 다 다른 사람이 무작위로 하나의 공통된 주제만 가지고 만나서 이야기 나눈다. 이렇게 대화하며 서로의 세계를 조금씩 확장한다.

"마음 둘 곳 하나 정도 되는 거 아닌가 생각해요."

위계가 없는 관계. 다양한 사람을 편견 없이 만날 수 있다는 것이 좋다.

"평상시 모임을 할 때 근황 이야기를 먼저 나눠요. 어떤 분이 자기는 일상에 별다른 재미가 없는데, 이날만 기다린다. 이날이 특별한 근황이다, 라고 했어요."

그 말을 듣고 조규식 씨는 뿌듯했다. 삼요소라는 공간이 누군가에게는 삶의 또 다른 가능성을 환기하는 '특별한 근황'이 되어 주고 있으니 말이다.

삼요소 주변에는 원룸이 많다. 도심에 있으면서도 너무 붐비지 않는 위치에, 마이너한 취향의 사람들을 위한 공간이 마련된 셈이다. 주인장의 말에 따르면 선뜻 들어오기 뭣할지도 모르겠다는 건물 1층은 갈비집이다. 그렇다 해도 생각보다 뭣하진 않다. 마이너한 이들의 눈에 쏙 들어오는 간판이 있으니. 게다가 배너의 삼각뿔, 입구의 삼각뿔이 제대로 찾아왔음을 알린다. 2층에 올라 유리문 너머 카운터와 함께 주인장의 모습이 바로 보인다. 유리문을 밀고 들어가면 왼쪽으로는 당신이 찾던 널찍하고 차분한 테이블이 놓인 공간이, 오른쪽으로는 따뜻한 조명 아래 책들이 가지런히 놓인 공간이 펼쳐진다. 이 공간의 외침은 간단하다. 책을 끌어안으라. 소설책과 시집이 너무 안 팔려 고민이라는 조규식 대표의 고민을 덜어 줄 자 누구인가. 삼요소에서 세 가지의 가치가 더해진 특별한 근황을 한번 만들어 보고 싶다. 물리

지역문화의 버팀목이
되어 가다

계룡문고

전국 모든 거리가 거대한 자본을 등에 업고 획일적으로 변해 가고 있다. 식당은 물론이고 화장품 가게, 옷 가게, 커피숍 등 모든 거리가 비슷비슷한 간판으로 뒤 덮였다. 향토서점 역시 대형 프랜차이즈 서점과 인터넷 서점의 거대한 자본 앞에 서 맥을 못 추고 쓰러져 가기 시작했다. 지난 2009년 52년의 역사를 자랑했던 대 전 향토서점인 대훈서적이 역사의 뒤안길로 사라졌다. 그리고 이제 계룡문고가 대전 향토서점으로 제 자리를 지키고 있다.

서점은 교육적인 공간이다

한 지역에서 오랜 시간 경제와 문화에 이바지하며 독립적인 자체 브랜드를 가지 고 있는 기업을 향토기업이라 칭한다. 이런 점에 비추어 볼 때 옛 충남도청 인근 에 자리한 계룡문고는 마지막 남은 대전 향토서점이다. 계룡문고가 처음 문을 연 건 지난 1996년 유락문고를 인수하면서다. 형이 운영하던 영등포문고에서 직원 으로 일하던 이동선 대표가 대전에 내려와 새로운 스타일의 서점을 기획하면서 계룡문고는 대전의 문화공간으로 주목받는다. 북카페라는 개념이 존재하지 않 던 시절, 계룡문고가 업계 최초로 북카페를 선보였다. 대전에서는 시도하지 않았

이동선 대표(위), 현민원 이사(아래)

던 독특한 형태의 문화공간이었다. 북카페 오픈을 기점으로 계룡문고는 다양한 문화사업을 기획한다. 2000년 6월 용혜원 시인을 시작으로 많은 작가가 '작가와의 만남'을 위해 계룡문고를 찾기 시작했다.

이제는 계룡문고의 아이덴티티가 된 '책 읽어주기 프로그램'을 처음 선보인 것도 이즈음부터다. 어린 딸에게 책을 읽어 주던 걸 시작으로 이동선 대표는 계룡문고를 찾은 어린아이에게 직접 책을 읽어 준다. 아이들에게 책을 읽어 주기로 결심한 데는 여러 이유가 있었다. 첫 번째 계기는 계룡문고가 처음 세상에 등장하던 순간부터 함께했던 현민원 이사의 영향이었다. 현민원 이사가 '책 읽어주는 마법사'가 되어 견학 온 아이들에게 책을 읽어 줄 때마다 아이들은 이야기에 빠져들었다. 책을 직접 읽어 준다는 것이 얼마나 많은 의미를 지니는지 실감했다. 공부하면 할수록 책 읽어 주기가 아이 교육에 지대한 영향을 미친다는 걸 알게 됐다.

당시 아이들이 서점에서 만날 수 있는 책의 종류가 제한적이라는 점도 큰 영향을 미쳤다. 당시 출판 업계에는 재미있는 그림책이 많지 않았다. 있다고 한들 서점에 진열되는 책 대부분은 전집류 위주였다. 부모를 자극하는 자본주의적 논리로 마케팅한 전집류 외에는 아이들이 마땅히 접할 수 있는 책이 없었다. 아이들이 책에 흥미를 느낄 만한 여건이 아니었다. 아이들이 책 읽는 즐거움을 알아야 책 읽는 사람으로 성장하고, 책이 길러 낸, 사고하는 사람이야말로 올바른 세상에 대해 고민할 수 있다고 믿었다. 이런 생각을 바탕에 두고 이동선 대표와 현민원 이사는 본격적으로 서점 견학과 책 읽어주기 프로그램에 힘을 쏟았다.

독서환경을 개선하는 서점

"요즘은 부모님이 핸드폰으로 아이들에게 유튜브 동영상을 틀어 주잖아요. 아이들이 기계가 전하는 음성에 집중하는 시대지만, 저는 사람과 사람이 직접 이야기로 연결되는 게 중요하다고 생각해요. 계룡문고는 직접 그림책을 읽어 주면서 아이들과 소통합니다. 아이들이 너무 좋아해서 4년째 어린이집 아이들을 데리고 계룡문고를 방문합니다."

판암사회복지관 행복어린이집을 운영하는 권준선 원장이 꾸준히 아이들을 데리고 계룡문고를 방문하는 이유는 책 읽어주기 프로그램 때문이다. 아이들이 이야기에 빠져드는 모습을 바라보는 것만으로도 계룡문고가 지역의 향토서점으로서 큰 사회적 역할을 하고 있다는 걸 알 수 있다고 지역민들은 말한다. 계룡문고에서 책을 구입하고 있던 한 손님도 권 원장과 같은 생각이다.

"왜요 아저씨(이동선 대표의 애칭)가 좋아서 계룡문고에 오는 거죠. 어린이집 교사로 일하면서 책 읽어주기 프로그램에 참여했는데, 그림책을 소중히 생각하고 의미 있는 이야기를 들을 수 있어 자주 이용하게 됐어요. 계룡문고가 가진 가치관이 좋아 팬이 됐습니다."

계룡문고는 책만 파는 서점이 아닌 독서환경을 개선하는 서점을 가치관으로 삼는다. 이동선 대표는 이를 서점이 가진 책무라고까지 표현한다. 이런 이유로 계룡문고 이동선 대표와 현민원 이사는 매해 1만 명 정도 되는 아이에게 동화책을 읽어 주고, 서점견학을 진행한다. 책 읽어주기 프로그램이 인기가 많아지면서 이동선 대표는 전국 각지에 있는 초등학교, 유치원, 복지 시설 등을 방문해 책 읽어주기 봉사활동도 진행한다.

지금까지 계룡문고가 선보인 문화행사는 다양하다. 책나라 큰잔치를 시작으로 발전한 도서관 책 축제, 책 읽어주는 아빠 모임 결성, 고아원과 지역아동센터 아동을 서점에 초대해 책을 선물하는 독서복지, 계룡문고 전 직원이 참여하는 책 읽어주기 봉사활동 진행 등 계룡문고는 단순히 책을 파는 서점을 넘어 지역을 이야기가 흐르는 마을로 만들기 위해 노력한다.

물론, 계룡문고가 풍요로움 속에서 이런 다양한 문화행사를 이어 나가는 건 아니다. 계룡문고가 처음 문을 열었던 시기에 터진 IMF의 영향, 전반적인 출판업계의 불황, 대형서점의 프랜차이즈화, 인터넷 서점의 보급, 점점 줄어 가는 독서 인구의 비율 등 계룡문 고가 직면한 문제는 여럿이다. 이러다 대전에 마지막 남은, 지역문화에 이바지하는 향토서점이 문을 닫는 건 아닌지 걱정하는 이도 있다.

서점을 바라보는 새로운 시각

계룡문고를 애용하는 손님들은 뚜렷한 이유를 가지고 있다. 지역을 사랑하는 마음, 책 읽어주기 프로그램, 다양한 문화활동, 대형서점과 인터넷 서점이 줄 수 없는 책 발견의 기회 등 손님들은 비슷한 이유로 계룡문고를 찾는다. 신기한 점은 계룡문고를 자주 찾는 손님이 또 다른 손님을 데려오고, 새로운 손님이 아이 혹은 직장동료를 데려온다는 점이다. 대형서 점에서는 쉽게 일어나지 않는 일들이 계룡문고에서는 일어난다. 그리고 이들이 계룡문고에 바라는 점은 단 한 가지다. 대형서점이 대전에 공격적으로 점포를 늘리고, 인터넷 서점의 바람이 강하게 불어와도 계룡 문고가 지금처럼 다양한 문화활동을 오랫동안 지속할 수 있기를 바란다.

　이동선 대표가 바라는 계룡문고의 방향은 보다 뚜렷하다. 그는 서점이 지역사회에 더 많이 기여하길 바라며 '유비쿼터스 그림책'이라는 활동을 제안한다. 독서의 위기 시대에 대전이 책 읽는 마을이 되도록 향토서점과 도서관, 시민이 만나 독서운동을 펼친다. 여기에 기업이 동참해 관공서 휴게실, 호텔 객실, 식당, 병원 등 짧은 시간 사람이 머무는 공간에 그림책을 비치해 자연스레 시민이 책을 접할 수 있게 한다. 책은 일정 기간 비치한 후 복지시설에 기증해 가정환경이 어려운 아이들에게 독서의 기회를 준다. 이를 통해 교육 민주화를 이루고 교육 불평등을 해소하고 싶다.

　이를 위해 이동선 대표는 지역 서점과 지방자치단체, 교육기관, 지역 주민이 힘을 모았으면 좋겠다고 말한다. 지방자치단체가 지역 서점을 공공재로서 바라보고, 이를 통해 아이들의 연령에 따라 학교 앞에 들어선 어린이전문서점, 청소년전문서점, 학과별전문서점 등과 학교가 연계해 다양한 문화행사를 진행하길 바란다.

　아침 일찍, 취재 차 계룡문고를 찾았다. 문 열기를 기다렸다는 듯이 네다섯 살쯤 되어 보이는 아이들이 선생님의 손을 잡고 계룡문고에 들어왔다. 조용했던 서점 한쪽이 재잘거리는 아이들의 소리로 가득 찼다. 이동선 대표가 읽어 주는 그림책에 푹 빠진 아이들은 진짜 마법에 걸리기라도 한 듯 동화책의 한 구절을 크게 외치기 시작했다. "까까똥꼬!" 동화책이 한 장 한 장 넘어갈 때마다 아이들은 자지러지듯 웃었다. 오늘도 계룡문고에서는 손익분기가 중요한 대형서점이라면 꾸준히 진행하지 않았을 책 읽어주기 프로그램을 연다. 개인에 따라 서점에 부여하는 기능과 가치는 다르겠지만 그림책을 듣고, 보고, 만지는 아이들에게 이곳은 재밌는 곳, 책이 많은 곳, 또 오고 싶은 곳이다. ▣

방관자에서 창조자로
꿈꾸는 자에서 행위자로

터득골 북샵

1996년 원주로 이사와 24년을 살았다. 9년은 시골 아파트에서 15년은 외곽의 산 속에서 주류에서 벗어났지만 다이나믹한 삶이었다. 서울을 떠날 당시는 시골의 알 수 없는 에너지에 이끌려 무조건 오게 되었다. 사랑에 빠진 것처럼 원주에

오면 그냥 좋았다. 호흡도 깊어지고 조용하고 사람들도 좋고 무언지 몰라도 편안했다. 시골로 바로 들어가고픈 마음은 굴뚝 같았지만 땅을 마련할 돈도 집을 지을 마음의 준비도 안된 상태였다. 그러나 주변에 호수도 있고 국립공원 같은 시설을 갖춘 대학캠퍼스도 있는 시골 아파트도 아주 좋은 시골생활 준비 기간이었다.

인근 시골집을 빌려 작업실로 쓰며 나름 시골생활은 시작한 셈이었다. 크게 손대지 않고 도배 정도의 수리 만으로 시골에 착륙했지만 행복감은 아주 컸다. 사계절 동안 자연의 리듬을 흠뻑 체험한 기간이었다. 눈높이에서 풀도 관찰하고 다양한 곤충과 파충류들도 친하게 되었다. 자주 등장하는 뱀과는 눈맞춤을 하며 적당히 의사도 전달하는 재미도 있었다. 잡초들과의 대화 끝에 비슷한 경험의 필자를 만난 게 《야생초편지》의 황대권 선생이다. 거의 자연에 미치다시피 모든 게 궁금했다. 풀 이야기부터 산 이야기까지 많은 책을 기획하고 만들었다. 이어 집짓기와 목공으로 관심이 이어졌다.

목공은 멀지 않은 이웃에 수업을 하고 있는 가구 작가가 있어 2년을 배웠다. 10대에 그림을 열심히 그렸지만 목공은 전혀 다른 체험이었다. 공구부터 재료, 짜맞춤, 도장까지 만들기에 몰입하는 시간은 일종의 명상 시간이나 마찬가지였

다. 일과를 마친 피곤한 상태였지만 그렇게 재미있을 수 없었다. 이웃에 흙집학교를 운영하는 분이 있어 1기 수료생이 되었다. 벌써 13년 넘게 1,000명이 넘는 수료생을 배출했으니 그때는 그렇게 오

래 학교를 운영하리라곤 생각하지 못했다. 그리고 보니 이웃에 시골생활에 필요한 스승이 다 있었다. 시골 아파트 생활 7년 차에 드디어 나도 흙집을 짓게 되었다. 목공과 흙집학교를 수료한 터라 두려운 것이 없었다. 궁금한 것은 이웃에게 물을 수 있고 몸으로 부딪치면 현장이 가르쳐준다는 것을 이미 배우는 과정에서 알아챘기 때문이다.

마을에 깃들어 살아야겠다

14년 전 원주 외곽의 산으로 들어와 흙집 사랑채부터 살림집과 사무실을 짓고 2016년부터는 살림집과 사무실로 쓰던 곳을 서점과 카페로 바꾸어 〈터득골북샵〉을 열었다. 지역에 정착하는 이야기를 간단하게 하면 이 세 줄로 요약된다. 그러나 그 13년 동안 어떤 일을 경험했던가? 나는 어떤 공부를 했던 것일까?

시골로 들어와 살기 시작할 무렵 생태공동체 붐이 일었다. 외국의 공동체 마을을 다녀온 여행기가 큰 관심을 끌었고 대안사회에 관한 열망도 컸다. 나도 2003년 겨울 인도와 미국의 공동체 40여 곳을 여행했다. 시골로 들어가기 전 이미 오래 전 공동체 마을을 조성한 선배 마을을 내 눈으로 보고 싶은 마음이 간절했다. 대안사회를 꿈꾸는 사람들이 만든 마을은 어떤 분위기일까 궁금했다. 또한 20대에 그렇게 몰두했던 명상가들의 공간도 보고 싶었다. 책으로 몰두하고 경도되었던 스승들의 공간은 어떨지 꼭 느껴보고 싶었다. 두 달 동안 강행군 끝에 돌아올 때 나는 깨달았다. 내가 크게 분별심에 빠져 있었다는 것을. 공동체가 지금 살고 있는 곳과는 다른 유토피아일 거라는 생각에 빠져 있었다는 것을. 40여 곳 명상 공간과 생태공동체를 다녀보았지만 살고 싶은 곳은 없었다. 어느 기간 머무를 수는 있겠으나 늙도록 살고 싶은 곳은 없었다. 30년도 넘은 어느 공동체는 초기 멤버들조차도 거기에 살지 않을 뿐더러 한 분 남은 여성도 세 번이나 들락거리기를 반복했다고 했다.

마을을 만든다는 생각이 얼마나 큰 오류인가를 알았다. 오히려 마을에 깃들어 사는 게 옳다고 느껴졌다. 마을 복지단체에서 발간하는 회보 뒷부분에 마을 회보를 8년 동안 편집했다. 마을 어르신들을 차례차례 인터뷰하고 마을의 폐교된 초등학교가 만들어질 당시의 이야기와 크고 작은 마을 이슈를 취재해 게재했다. 마을회보 편집회의 때는 두 마을의 이장님과 노인회장님 복지단체 대표님이 함께 모여 마을의 대소사를 공유하고 함께 식사를 했다. 계간이었지만 8년의 세월 동안 마을 어르신, 이장님들과 많이 친해졌다. 마을의 정서도 잘 느껴졌고 동네 모임에도 초대 받게 되었다. 마을에 필요한 주민으로 받아들여주니 더 없이 행복했다.

그러나 나에게는 원주에 사는 큰 숙제가 있었다. 지역에서 밥벌이를 하며 지역 사람들과 함께 회사공동체를 꾸려보고 싶었다. 경제활동이 없는 꿈은 몽상에 불과하니 평생 공부한 것을 일로 실행해보고 싶은 꿈 말이다. 마음공부와 일과 시간관리를 통합하는 콘텐츠로 2015년 12월 그림책 〈오냐나무〉를 만들었다. 시간관리 앱과 다이어리, 연극, 애니메이션, 캐릭터를 연결하는 인생설계 콘텐츠였다. 조화로운 삶을 꿈꾸는 선한 의지의 사람들을 위한 나침반이랄까. 그림책에 이어 연극과 애니메이션 제작까지는 초기 투자가 필요했지만 콘텐츠진흥원을 비롯한 많은 곳의 투자 유치는 이루어지지 않았다. 2015년은 그런 해였다. 다음해에 촛불시위가 예고되었듯이.

서점+카페, 그리고 북스테이

2016년 9월 〈터득골북샵〉을 열었다. 지난 20년 동안 5,000개의 서점이 문을 닫았지만 오히려 그렇기 때문에 서점이 필요한 것으로 느꼈다. 마케팅 이론이나 계산을 떠나 소명을 선택한 것 뿐이
었다. 주말텃밭을 함께 하고 숲 산책
로와 야외공연장을 만들었다. 공부모
임도 하고 북스테이도 운영한다. 새
해에는 작은 숲 속 플리마켓도 할 참
이다. 숲 속의 동네서점 일 년 동안은
서점에 대한 고정관념이 모두 바뀐 시기였다. 큰 도로에서 7킬로미터 거리에 아
무런 상점도 없는 산 속에 서점을 한다는 것 자체가 돈키호테 같은 발상이었지만
주말만 되면 사람들로 북적였다. 어느 일간지 기자는 여름 휴가철에 북스테이 특
집을 취재하러 왔다 사람들로 붐비는 서점을 보고 깊은 산 속에 서점이 있다는
사실보다 사람들로 북적이는 게 더 신기하다고 기사를 썼다.

주변의 지인들은 못내 걱정스럽던지 물심양면으로 후원을 해주었다. 대영박
물관에 작품이 전시될 정도로 대가인 어느 도예가는 2~3년 쓸 그릇을 육십 점이
나 기증해주셨다. 평소 무뚝뚝하기만 했던 건축가는 데크와 책장으로 쓸 나무와
개성 넘치는 커다란 탁자를 선물해주셨다. 산림청의 어느 박사님은 6년 동안이
나 연구한 '숲밭'을 텃밭으로 자문해주었다. 이웃 공방의 목수님은 폐교된 초등
학교 앞마당에서 베어낸 플라타너스로 만든 큰 탁자를 만들어 주었다. 평생 새집
을 지어온 새집목수 님은 빈약한 서가를 보고 책 구입용 금일봉을 주셨다. 그 외
에도 열거할 수 없을 만큼 많은 도움이 답지했다.

서점은 예전 시골 학교처럼 다른 울림이 있다는 것을 실감했다. 다른 가게였다
면 이렇게 도움의 손길이 많이 있었을까? 어떤 방문객이 농담 삼아 말한 '요즘도
책 읽는 사람이 있어요'라는 예측과는 달리 각종 독서모임과 교사들의 공부모
임부터 젊은 주부들과 자녀들까지 다양한 독서인들을 만날 수 있었다. 책을 매개

로 만난 사람들은 거리에서 만났던 것과는 다른 느낌이었다. 20년을 원주에 살았지만 산 속 서점에서 만나는 사람은 왠지 달라 보였다.

산 속 서점에서 만나는 사람들

여러 사람들과 터득골을 함께 즐긴다 결정하자 여러가지 생각들이 저절로 떠올랐다. 서점 앞 넓은 숲밭을 반으로 나눠 주말텃밭을 하면 좋을 듯 했다. 바로 공지하고 서너 집이나 올까 싶었는데 열세 가구나 신청을 해왔다. 어른보다 어린이들이 텃밭을 좋아한다는 사실도 알게 되었다. 열두 가구로 신청이 끝난 어느날 초등학교 어린이를 둔 아빠가 구석자리를 늘려줄 수 없냐고 했다. 아들 때문에 꼭 부탁한다고 했다. 억지로 한 영역을 늘려 열세 가구로 마감이 되었다. 신록이 아름답던 어느 날 대학시절 밴드활동을 한 산림청 박사님이 문득 산 언덕빼기에 객석을 만들고 야외극장을 만들면 좋겠다는 얘길 하셨다. 소나무로 가득하여 대낮에도 반그늘이 되는 곳이라 무대와 객석으로 최적의 조건이었다. 토목공사할 때 남은 돌이 많이 쌓여있는 터라 따로 재료를 구입할 일도 없었다. 불과 얼마 안 되는 예산으로 고대 그리스의 야외극장보다 아름다운 공연장이 탄생했다. 첫 공연은 알리지도 않았건만 100명이나 함께 해 산 속이 자동차로 가득했다.

문을 열고 10개월이 지난 후부터는 삶의 전환을 꿈꾸는 분들의 북스테이가 줄을 이었다. 자연에 살고 싶은데 수익에 자신감이 없어 망설이던 분들이 소문을 듣고 오는 방문객들이었다. 40대의 전문직을 가진 분들과 은퇴를 앞둔 50대 중후반의 직장인들이 많았다. 책 공간을 중심으로 자연에 깃들고 싶은 로망을 엿볼 수 있었다.

서점은 지역을 실감하고 고민할 수 있는 최적의 공간이 아닌가 싶다. 단지 책만 파는 공간을 의미하지 않는다면 지역의 변화를 만들어낼 수 있는 둥지라 할 수 있다. 전환이 필요하거나 앞 길이 막막하게 느껴지는 시간 서점을 어슬렁거리다 보면 길이 보였던 경험을 누구나 하지 않았던가. 지역의 방관자에서 창조자로, 꿈꾸는 자에서 행위자로 오롯이 함께 토론해볼 수 있는 곳. 동네서점 〈터득골북샵〉은 지역을 전체적으로 조망하고 편집하는 공간이자 하릴없이 어슬렁거리는 휴식의 공간이 되면 좋겠다.

산 속 서점 〈터득골북샵〉은 내 인생의 전환점이 되었다. 여기서 지역 사람들을 만나고, 그들이 지불하는 돈으로 생활하고, 지역의 멘토들을 만나고, 함께 즐기면 논다. 나는 비로소 지역에 뿌리박았다는 느낌이 든다. 終

소설은 읽고
시는 입는다

시옷서점

2017년 4월 1일 만우절. 인적 드문 주
택가 골목에 거짓말처럼 작은 서점 하
나가 문을 열었다. 해가 이울 즈음에
야 사람들이 하나둘 모여들고, 유리문
안이 환해진다. 어떤 이는 책 속으로
고개를 수그리고, 어떤 이는 등을 세

운 책들을 짚어보며 서성인다. 쓸쓸한 낮이 고였던 자리에 두런거림이 들어찬다.
책들이 움질움질 몸을 움직여 자리를 만들어 준다. 밤의 길목, 쇠약해 보였던 책
들이 먼지를 털고 제일 앞자리에 앉는 이곳은 '시옷서점'이다.

시인 부부가 꾸리는 작은 책방

시옷서점은 제주의 시인 부부(김신숙 시인, 현택훈 시인)가 꾸리고 있는 작은 책방이
다. 세상에는 시가 많아도 시집들의 자리는 많지 않은데, 여기에서만큼은 시집이
주인공이다. "소설은 읽고 시는 입는다"라고 말하는 두 주인장은 시집으로 책방
을 가득 채웠다. 유명한 시집도, 안 유명한 시집도 이곳에서는 나란히 자리한다.

때로는 책방에서 보기 어려웠던 시집이 제일 좋은 자리를 차지하기도 한다. 지역의 시인이 쓴 시집을 가장 귀하게 모신다.

"토일월화 저녁 7시에서 11시까지만 문을 엽니다. 시를 쓰고 책방을 꾸리기 위해서는 낮 동안 다른 일을 해야 하니까요."

비록 매출은 낮지만 이 공간은 많은 이들에게 열려 있다. 필사 모임이 이루어지기도 하고, 낭독회와 소모임, 콘서트가 열리기도 한다. 시를 쓰고 읽고 소개하는 것뿐만 아니라, 시와 함께 재미있는 일을 많이 한다. 시에 노래를 붙인 시활짝 음반, 시를 옷에 새겨 넣은 시옷 프린팅, 시가 있는 뮤직비디오 싱싱, 손글씨로 쓴 시를 캡슐에 넣어 돌리는 시뽑기, 시집을 활짝 피우는 시활짝 팟캐스트 등 다양한 프로그램들로 시를 가까이 할 수 있다.

지역작가, 지역책을 중심에 두고

시옷서점이 가장 중심에 두는 것은 지역의 작가, 지역의 책이다.

"시집이 다른 장르에 비해 소외받듯이, 지역의 작가와 책은 누군가 애써주지 않으면 힘을 내기가 어려우니까요."

작년에는 지역 출판사인 한그루와 함께 절판 시집 복간 프로젝트를 진행했습니다. 지역에서 출간된 시집은 중쇄를 찍지 못하고 절판되는 경우가 많다. 그런 시집들에 새 옷을 입혀 세상에 내놓는 '리본시선'을 시작했다. 첫 시집은 1992년에 지역출판문화운동의 일환으로 펴냈던 강덕환 시인의 《생말타기》라는 시집이다. 또한 학교의 안과 밖에 있는 두 명의 18세 시인의 공동시집인 《십팔시선》을 기획해 내놓기도 했다.

제주에는 멋진 풍광을 배경으로 한 북카페도 많고, 특색 있는 독립책방들도 많이 들어서고 있다. 그중에서 시옷서점이 귀한 이유는 바로 창작자와 독자가 함께하는 공간이기 때문이다. 시옷서점은 제주섬에서 나고 자란 시의 자리를, 시집의 집을 지켜주고자 하는 마음이 담긴 곳이다. 단지 책을 소개하고 파는 것이 아니라 그 책이 나오기까지의 긴 시간을 지지하고 살뜰히 보살핀다.

버스를 좋아하는 시인 주인장은 정류장 근처에 서점을 여는 것이 소원이다. 그 얘기를 듣고 난 뒤로는 버스에 탈 때마다 창밖으로 보이는 가게들에 마음속으로 '시옷서점' 간판을 걸어보곤 한다. 사람들이 많이 오가는 정류장 근처로 서점을 옮기는 것은 당분간 힘들어 보인다. 하지만 시를 향한 시옷서점의 묵묵한 노선은 시를 잊어가는 우리에게 큰 위로가 된다. 더 어둑해지기 전에 골목을 짚어 시의 정류장에 하차하는 건 어떨까. 그곳엔 생각하지 못했던 많은 길들이 기다리고 있을 것이다. 오늘도 반짝반짝 불을 밝힌 시옷서점을 응원한다. 효리

어린 날의 바다로
가는 길

오줌폭탄

제주 바다는 섬이라는 팍팍하고 고된 삶의 조건이 되기도 했지만, 언제나 많은 것을 내어주는 존재다. 특히 아이들에게 바다는 무궁무진한 놀이터이다. 똑같은 모양의 해안도로와 수많은 카페들이 차지한 지금의 바다가 아니라, 너른 백사장을 신나게 가로지를 수 있었던 제주 바다가 그리워지는 요즘이다. 어린 날의 바다를 생각하면 잊었던 마을의 풍경과 사람들이 너울너울 밀려온다.

제주시에서 그리 멀지 않은 동쪽 바닷가 마을, 함덕리는 해수욕장으로 유명한 곳이다. 해마다 날이 더워지기 시작하면 많은 사람들이 밀려드는 곳이지만, 아직도 마을 안길로 들어서면 바닷바람을 피해 낮게 엎드린 옛 집들을 많이 볼 수 있다. '오줌폭탄'도 바로 그런 낮은 지붕을 이고 바다로 가는 길목에 자리하고 있다.

주인장이 나고 자란 집에 꾸민 동시 책방

오줌폭탄은 동시가 사는 집이다. 시인이자 아동문학가인 김정희 작가가 태어나고 자란 집이기도 하다. 2017년, 김 시인은 유년의 시간이 고스란히 담긴 이 집에 동시 책방을 열었다. 자신의 첫 동시집 제목을 따서 '오줌폭탄'이라는 이름을 붙였다.

　구불구불 돌담으로 이어진 마을길을 따라가다 팽나무를 만나면 거의 도착한
셈이다. 시인이 직접 칠한 하얀 벽과 하늘색 지붕, 그림책에서 튀어나온 듯한 아
기자기한 벽그림들이 시선을 잡아당긴다. 아담한 마당으로 들어서면 얼굴 가득
웃음이 걸린 주인장이 어서 오라고 손짓한다. 그러나 조심해야 한다. 어른의 마
음을 내려놓지 않으면 오줌폭탄의 낮은 천장에 쿵쿵 머리를 부딪치게 될 테니까.

　옛 집의 구조를 그대로 살린 작은 책방 안에는 동시집들이 빼곡하다. 알록달
록, 삐뚤빼뚤, 요기조기, 아이들의 모습과 닮은 책들이 숨바꼭질하듯이 들어차
있다. 주인장은 시인, 아동문학가, 시낭송가, 동화구연가로 활발히 활동하고 있
다. 덕분에 이 작은 책방은 작가와 독자, 어른과 아이, 많은 이들이 자연스럽게 오
가는 공간이 되었다. 동네 사랑방이기도 하다.

　오줌폭탄에서는 다양한 프로그램들이 열리고 있다. 지역 아동문학가들의 작
품집 출간회와 북콘서트가 열리기도 하고, 시낭송회와 공연도 이어진다. 또한 어

른들의 동시 읽기 모임, 동시 쓰기 모임, 아이들을 위한 '고사리손 동시 학교'도 운영 중이다.

지역에서 만나기 힘든 작가들을 초대해 아이들과 함께하는 자리를 마련하기도 하고, 지역 작가들의 작품집을 소개하고 홍보하는 역할도 한다. 특히 소멸 위기의 제주어를 담은 동시와 그림책을 만들고 소개하는 데 애쓰고 있다. 동시와 함께 놀다 보면 오줌폭탄은 웃음폭탄이 팡팡 터지는 곳이 된다.

올해는 오줌폭탄 책방을 중심으로 동시 올레길을 만들고 있다. 책방 주변의 벽을 동시와 그림으로 꾸며서 오가는 이들을 맞으려고 한다. 그림 같은 함덕 바다에 들렀다가, 동시의 길로 흘러들어 걷다 보면 이 작은 책방에 닿게 될 것이다.

"함덕 바다가 나를 키웠다"라고 말하는 주인장은 바다로부터 받은 선물을 아이들에게 돌려주려고 한다. 지금보다 힘들고 없는 게 더 많았던 시절이지만, 그 시간이 지금을 살아가는 힘이 되어주었기 때문이다. 어린 날의 바다로 가는 길목, 이 낮고 작은 책방에 담긴 소중한 마음을 전한다. _{ㅎㄹ}